出发！
去动物园

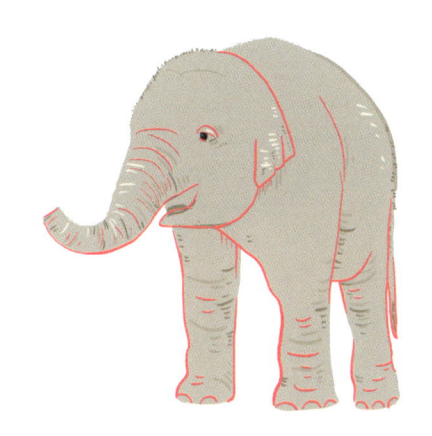

杭州动物园　著

浙江工商大学出版社·杭州

图书在版编目（CIP）数据

出发！去动物园 / 杭州动物园著 . -- 杭州：浙江工商大学出版社, 2024.12. -- ISBN 978-7-5178-6422-6

Ⅰ . I247.81

中国国家版本馆 CIP 数据核字第 2024PR4056 号

出发！去动物园
CHUFA! QU DONGWUYUAN

杭州动物园　著

出 品 人	郑英龙
策划编辑	沈　娴
责任编辑	吴岳婷
责任校对	刘　颖　程辛蕊
封面设计	观止堂_未氓
插　　图	蔡思婕
音频录制	曲音静子
责任印制	祝希茜
出版发行	浙江工商大学出版社 （杭州市教工路 198 号 邮政编码 310012） （E-mail:zjgsupress@163.com） （网址:http://www.zjgsupress.com） 电话:0571-88904980，88831806（传真）
排　　版	南京观止堂文化发展有限公司
印　　刷	浙江海虹彩色印务有限公司
开　　本	710mm×1000mm 1/16
印　　张	12.5
字　　数	155 千
版 印 次	2024 年 12 月第 1 版　2024 年 12 月第 1 次印刷
书　　号	ISBN 978-7-5178-6422-6
定　　价	98.00 元

版权所有　侵权必究
如发现印装质量问题，影响阅读，请和营销发行中心联系调换
联系电话　0571-88904970

本书编委会

主 编

霍卫东

副主编

全璨璨　何　鑫

科学顾问

江　志

编　委

顾江萍　马冬卉　夏莹莹

序言

　　我是一名老杭州人，在我儿子小的时候，我常常会带着他来到杭州动物园。那时，骑虎山的石老虎，与大象的长鼻子合影，是我们不可或缺的亲子活动。那些在杭州动物园拍摄的旧照片，记录了我们一家三口的温馨时光。然而，随着儿子的成长，他对动物园的兴趣逐渐减退，那些曾经的动物伙伴也渐渐淡出了我们的生活。

　　一晃20多年过去，当我再次来到杭州动物园时，是以园长的身份。一进门，看到那面标志性的导游牌，仿佛动物园依旧停留在过去，时间的流逝似乎只在导览图上留下了斑驳的痕迹。这正像是大多数杭州市民对杭州动物园的印象：陈旧、笼舍狭小、动物种类有限。

　　进入这个行业后，我逐渐意识到城市动物园的发展受到诸多限制，尤其是杭州动物园，位于西湖风景名胜区的核心地带，大规模的改建显然不可行。在推动现代动物园发展的同时，保留独特的山林动物园特色，是我们团队一直在努力解决的难题。事实上，这些年杭州动物园已经进行了许多改造。例如，小熊猫生态展区利用原有的山地高差和原生树木，根据小熊猫喜欢在树林高层活动的习性，用云梯将整个展区联通，让游客拥有置身于小熊猫的自然栖息地的体验。金鱼园保留了江南园林的外观特色，但在每个展缸中都安装了高科技的维生系统。新建的两栖爬行馆扩大了展缸空间，安装了更稳定的燃气供暖系统，更加注重科普信息的趣味性和互动性。大象、长颈鹿、黑猩猩等动物的展区也都配备了空气能等取暖设备，让这些怕冷的动物在杭州的冬天也能过得舒适。我们的动物们也逐渐被更多人所熟知，比如那只站起来屁股上有褶的马来熊大陆，喜欢玩轮胎的小象福莱，还有大熊猫春生和香果，这些都让杭州动物园走进了更多杭州市民及动物爱好者的心中。

我希望能够将杭州动物园的故事分享给大家，尤其是小朋友们。在这些故事中，你会遇到熟悉的朋友，比如大陆安吉拉姐弟，还有小象福莱，以及那些此前不太熟悉的动物伙伴。它们不仅仅是被观赏的对象，更是有着自己情感和故事的个体。我们希望通过这些故事，让读者从动物的角度感受到它们的情感世界，理解它们的需求和渴望，从而加强读者对动物福利和生态保护的关注。我希望这本书能成为连接人类与动物世界的桥梁，让我们重新审视自己与自然的关系。在阅读这些故事的过程中，也许你会发现，我们与动物之间的界限并不像我们想象的那么清晰。

杭州动物园（杭州少年儿童公园）书记、园长

动物小档案

姓　　名：大陆
物　　种：马来熊
出生时间：2018年12月
出 生 地：浙江安吉
性　　别：雄
档　　案：大陆2020年从浙江安吉来到杭州动物园。是个"话痨"，力气大，是动物园里的"刨木匠"，机灵敏捷，上山下水无所不能。可能是因为年纪还小，性格略显莽撞。

姓　　名：安吉拉
物　　种：马来熊
出生时间：2018年8月
出 生 地：浙江安吉
性　　别：雌
档　　案：它2020年从浙江安吉来到杭州动物园，所以取名安吉拉。大陆的"小青梅"。耳朵背面有黄色毛发，就像戴着两朵可爱的小花。好奇心比较强，喜欢到处探索，爱站立，爱互动，性格霸气，在美食面前一马当先。

姓　　名： 福莱
物　　种： 亚洲象
出生时间： 2019年4月
出 生 地： 河北衡水
性　　别： 雌
档　　案： 小象福莱的爸爸是杭州动物园的明星亚洲象诺诺，妈妈是河北衡水动物园的碰碰。2021年从河北来到杭州，是大象馆的小公主，与母象罗纹亲如母女。福莱性格活泼可爱，年龄小却嗓门大，与保育员十分亲近。

目录

大陆的苦恼 001

小象福莱 007

美丽的金鱼园 013

我是一只小袋鼠 019

旋角羚羊请客 027

长颈鹿的一家 035

都是猩妈的好孩子 041

黑夜里的幽灵 049

吃吃睡睡的非洲狮 055

大虎和小虎的家 061

是狐、浣熊还是狸 067

兔豚鼠是兔还是鼠 073

不一样的梅花鹿 079

"社恐少年"黑麂 085

我是可爱的小熊猫 091

了不起的细尾獴家族	097
贪吃的水獭先生	105
住"别墅"的大熊猫	111
长臂猿家的"虎妈"和"猫爸"	119
猴宝宝的妈妈在哪里	127
海豹是个"大懒虫"	133
游禽湖里的"疫苗大战"	139
扬子鳄的冬眠	145
一只白鹤的归家之路	151
涉禽池边的艺术家	157
黑天鹅妈妈的"丑小鸭"	163
美丽的"蹭饭大军"	169
彩蛋1　动物食堂：鲫鱼坏了吗	177
彩蛋2　动物医院：神秘的白大褂	181
致谢	184

大陆的苦恼

马来熊大陆和安吉拉青梅竹马、两小无猜。大陆是男孩子，大大咧咧，像个"傻大个"。安吉拉是个开朗活泼的小淑女。刚认识的时候，淑女有些瞧不起大陆，因为他整天"放飞自我"，经常玩得一身土。大陆却很喜欢小淑女，总是跟在她后面扮巧卖乖。

大陆总爱逗安吉拉，想和她一起玩，但安吉拉总是觉得这个弟弟傻乎乎的。

大陆却说："才不是呢！我有很多本事呀！"

"你整天贪玩，无所事事。有什么本事？给我看看。"

大陆得意地说："小事一桩，我可是有名的'刨木匠'啊！"

刨木头是马来熊日常生活的一部分。马来熊是体型最小的熊，动作敏捷，善于攀爬，常居住在7米左右的高大乔木上。在熊山，工作

人员为他们打造了豪华的大栖架。栖架是用带树皮的原木搭建的大架子。大陆很喜欢坐在上面刨木头。

他说:"今天我要把这个大栖架拆光,让安吉拉瞧瞧我的本领有多大!"

于是,大陆跑到大栖架上辛勤地工作了。他坐在架子上,用大爪子刨树皮。刨啊刨啊,不一会儿就把一整根木头上的树皮都刨光了。接着,他开始刨第二根木头。刨啊刨啊,第二根木头上的树皮也被他刨光了。

"加油!加油!"来动物园的小朋友都在一旁给他鼓劲。大陆更来劲了,刨啊刨啊,木头一根根地都被他刨光了。

眼看栖架就要散架了。保育员叔叔赶紧跑过来制止:"大陆,你也太调皮了!快下来!"

大陆赶紧从摇摇欲坠的栖架上爬下来。保育员叔叔疼爱地拍拍他的头说:"再贪玩,我可要把木头收起来了哦!"

大陆低下头,灰溜溜地逃了。他跑到安吉拉面前说:"瞧,我的

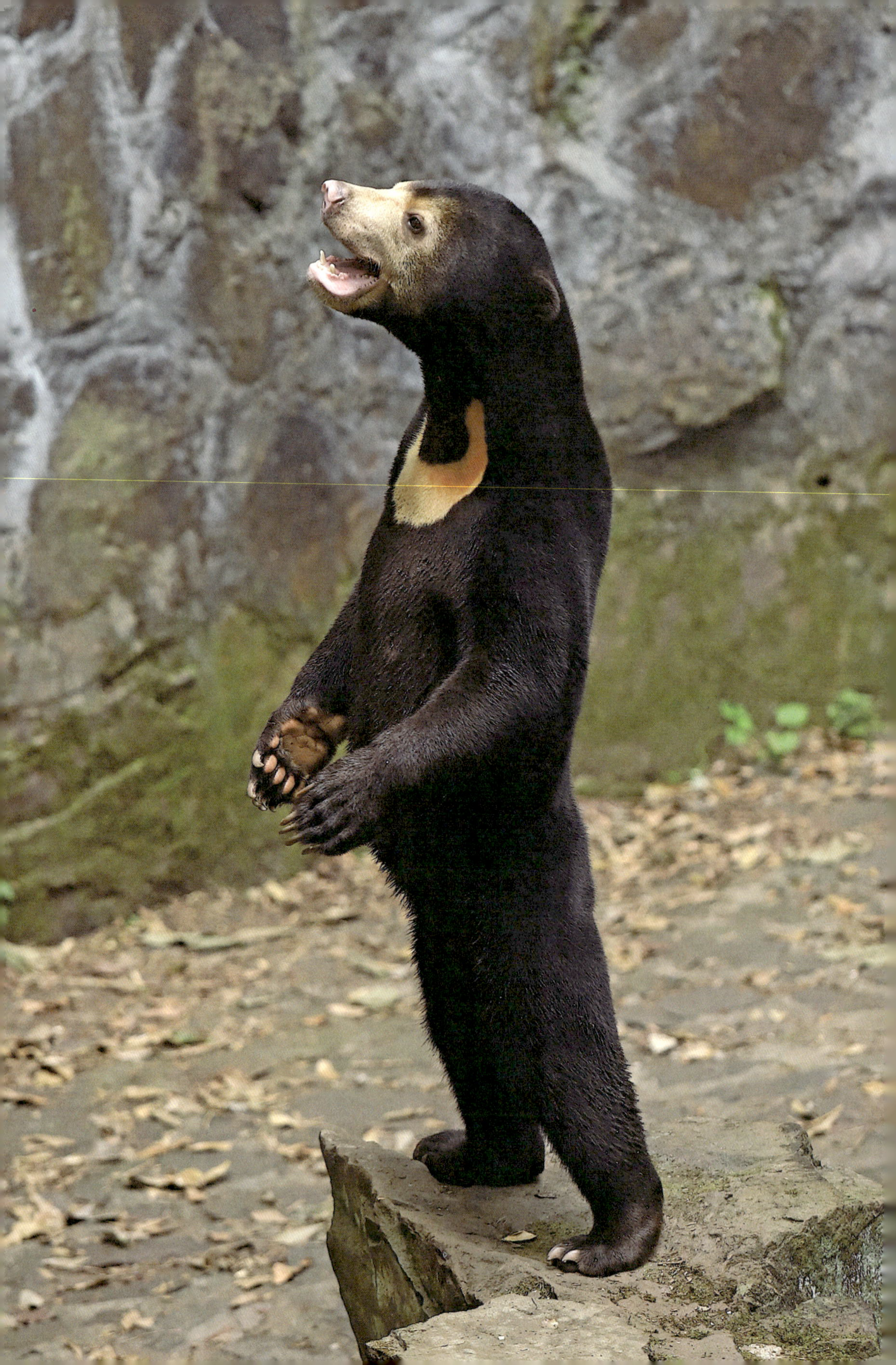

本领大吧？连保育员叔叔都拿我没办法！"

安吉拉瞪了他一眼："大陆，你除了搞破坏以外还能干啥呢？"

大陆说："我还能找食物给你吃呀！"

他跑到假山上面掀起一块大石头，想找一只虫子献给安吉拉，可是找来找去一只虫子都没有。他就继续掀石头。他一块一块地翻啊掀的，哇，终于找到了一只胖胖的大虫子！

他叼起大虫子，摇摇摆摆地跑到安吉拉面前说："安吉拉，请享用我准备的午餐吧！"

安吉拉看着被大陆破坏得乱七八糟的假山说："唉，你还是个破坏大王呀！"

说完她就转身走了，只留下大陆在那儿发呆。他不知道为什么安吉拉还是不喜欢和他玩。

大陆想：我要不还是去找小朋友玩吧！他就跑到了假山上。假山上有一面悬崖。大陆站在悬崖边上，朝着小朋友们卖萌。他站起身来，露出油亮的肚皮，肚皮上还有一个漂亮的白"围兜"。他摇摇摆摆地向小朋友们打招呼。

有小朋友说："你们看，马来熊站起来像人一样！"

大陆一看小朋友们很开心，又在悬崖边的石头上躺下来，表演翻跟斗。他在石头上滚来滚去，玩得不亦乐乎。安吉拉在旁边看见了，心想：这个小笨蛋，千万别从悬崖上掉下去哦！

她赶紧跑过来拍拍大陆的身体，又朝另一个方向跑开了。大陆以为安吉拉找他，就去追安吉拉。栖架上，他们俩一个在前面跑，一个在后面追。

如果你在熊山看见一只马来熊在前面跑，另一只马来熊在后面追，那是大陆和安吉拉在玩游戏呢！

扫码收听本故事

动物知识小百科

马来熊体长一般为 110—150 厘米，善于用后肢站立，是熊家族中体型最小的成员。它胸前点缀着一块显眼的"U"型斑纹，斑纹多呈现浅棕黄色或黄白色，远看就像一个小太阳，所以又叫"太阳熊"，它的英文名就叫 sun bear。马来熊不冬眠，堪称熊家族中的"爬树专家"，它的掌上长着尖利的钩形爪子，是强有力的攀登与挖掘工具。除了尖爪，马来熊的另一觅食利器就是舌头。它的舌头长度在熊家族中数一数二，最长可达 30 厘米。它喜爱吃水果、昆虫、蜂蜜等，野外数量稀少，是国家一级重点保护动物。

小象
福莱

大陆总被安吉拉拒绝，就想到动物园找其他朋友玩，看看他们的生活。

　　他一圈圈地找，越走越慢，来到大象馆的时候，他已经累得迈不动腿了，坐在一块石头上直喘气。

　　"大陆，你磨磨蹭蹭的干什么呢？"

　　大陆抬头一看，只见小象福莱在妈妈罗纹身边撒娇，公象亚力亲昵地用长鼻子拍打着小象的背。

　　"大陆，你好啊！"保育员叔叔来到了他们身边。

　　"叔叔，亚洲象一家多幸福啊！"

　　"孩子，你不知道吧，他们原来并不是一家。"

　　"啊？这怎么可能呢？"

　　"这里还有个故事呢！"

　　"快说说，快说说！"大陆可着急了。

　　于是保育员叔叔就给他讲了亚洲象一家的故事。

动物园里生活着亚洲象罗纹。她的孩子和丈夫先后离开了她，罗纹忧伤极了。大象是群居动物，他们喜欢和同类生活在一起。听说衡水动物园出生了一只小象，动物园就把小象接来做罗纹的女儿。

小象福莱就这样来到了杭州动物园。工作人员把她安排到了母象罗纹的隔壁。小象看到母象，就跑上前去喊："妈妈，妈妈！"

母象朝她瞥了一眼："你是哪里来的小东西呀？长得灰不溜秋的，我才不是你妈妈呢！"小象听了，缩在墙角里伤心地哭了一夜。

第二天，福莱看见母象，就又跑上前去喊："妈妈，妈妈！"

母象甩起长鼻子咚咚地敲着木栅栏说："快走开，快走开，我讨厌你！"小象被吓了一大跳，再也不敢靠近母象了。

保育员叔叔送给小象一个小轮胎。小象把小轮胎当成了好朋友，连晚上都抱着小轮胎睡觉。母象罗纹还是那么忧伤。园长伯伯说："宁波野生动物园有几只和罗纹年纪差不多的公象。我们把罗纹送到那里生活一段时间吧！"于是，母象来到了宁波，和同类生活在一起，心情慢慢变好了。过了一段时间，罗纹又回到了杭州。小象又跑上前去叫着："妈妈，妈妈！"

罗纹想：小象福莱是不是几年前离开我的小宝宝呢？是的，她一定是我的宝贝！她把她的长鼻子伸过木栅栏，轻轻地抚摸着小象的背。福莱感到幸福极了！尽管隔着木栅栏，可母象走到这边，小象就跟到这边，小象走到那边，母象也跟到那边。工作人员高兴地说："我们可以试着让福莱和罗纹在一起生活了！"

令人期待的一天终于来了。一大早，保育员叔叔打开罗纹家的门。罗纹急匆匆地跑到小象的门口，用长鼻子轻轻地敲着小象的门："宝贝，快起来了。"

"是谁在叫我？我还没睡醒呢！"

"孩子，妈妈来了，快醒醒吧！"

"妈妈？"小象一骨碌从地上爬了起来。她的心"咚咚"地跳得很厉害。她不能相信，妈妈真的来找她了！她小心地走到门边，透过门缝朝外看，然后惊喜地喊了起来："是妈妈，真的是妈妈！"保育员叔叔打开门。小象小心地朝罗纹靠了靠。小象的新妈妈用长鼻子轻轻拍拍小象。小象瞪大了眼睛，惊喜地说："这是真的吗？是真的吗？"小象撒娇地钻到妈妈的身体下面。妈妈的身体好柔软好温暖啊！

保育员叔叔嘱咐她们："福莱，罗纹，从此你们就是一家人了，你们一定要相亲相爱啊！"

园长伯伯说："我们还得帮福莱找一个新爸爸，让亚洲象有一个幸福的家！"这个愿望很快就在大家的努力下实现了！工作人员为福莱找到公象亚力来做她的爸爸。

"啊,原来大象一家不是亲人啊!"大陆有些意外。

"可是,他们不是亲人却胜似亲人啊!福莱,你说对吗?"大陆朝着福莱喊。

小象福莱走了过来:"对,我们是相亲相爱的一家人。大陆,你怎么气喘吁吁的?"

"走了一天,脚都要起泡了。我想去其他小动物那玩,但是动物园好大,我走累了!"

"我和你一起吧!我身强体壮,可以驮着你。这样你就不会累了!"于是,福莱蹲下身来,大陆跳上了她的背:"我们接上安吉拉,一起出发吧。"

动物知识小百科

　　亚洲象是现有最大的陆生哺乳动物，雄象有长长的象牙，雌象象牙较短，一般不能直接观察到。亚洲象主要栖息于亚洲南部，常在海拔 1000 米以下的沟谷、河边、树林中游荡。它们喜欢群居生活，象群中象的数量有数头至数十头不等，由年长的雌性带领象群行动。雌象是所有哺乳动物中孕期最长的，怀孕 18—22 个月后小象才会出生。幼象会跟随母象及象群生活多年，直至 10—15 岁时达到性成熟。成年雌象会继续留在象群生活，雄象会离开象群独自生活。亚洲象的皮肤为浅灰色，由于体表缺少毛发，象会经常洗澡或进行泥浴，以预防皮肤病和蚊虫叮咬。由于洗泥浴的泥土颜色不同，有时亚洲象的皮肤会呈现泥土的红棕色。

美丽的金鱼园

大陆来到了金鱼馆，他好奇地左顾右盼，只见金鱼馆里许多美丽的小金鱼快乐地游来游去，却有一条小金鱼不开心。

大陆来到水池边问："小金鱼，你为什么不开心呀？"

小金鱼抱怨道："哎呀，保育员叔叔一会儿来清洁水缸，一会儿来测水温，真的好烦呀！这里的光线有点暗，如果能在外面的水池里游，那该多好啊！"

"那你可以去后花园玩呀！"大陆说。

小金鱼就从鱼缸里跳出来，跟着大陆来到了后花园："太好了，这里有个漂亮的水池！"小金鱼跳到水池里，欢快地游了起来。游着游着，他又不开心了，朝着大陆抱怨："哎呀，这里一个朋友都没有，我真孤单啊！"

"那我做你的朋友吧！我有个朋友叫甜甜，她家里有个大鱼缸，养着好多金鱼呢，我可以带你去玩！"大陆说。

这时，园长伯伯来到了金鱼馆。小金鱼又朝着园长抱怨起来：

美丽的金鱼园

"伯伯,金鱼馆里一点也不好玩,我要跟大陆去玩。"

园长伯伯仔细地观察了一会儿金鱼馆,同意了小金鱼去甜甜家玩。很快,改造金鱼馆的大工程开始了。两个月以后,崭新的金鱼馆修好了。听说新家落成了,小金鱼又开始抱怨了:"甜甜家的鱼缸太小了,我要回金鱼馆。"

大家带着小金鱼来到焕然一新的金鱼馆。这里变得好亮堂啊。墙壁粉刷得白白的;灯光照在地面上,映出了美丽的荷花池,池子里盛开着一朵朵荷花,小鱼们在荷花间游来游去。大家念起了古诗:"江

南可采莲,莲叶何田田,鱼戏莲叶间。鱼戏莲叶东,鱼戏莲叶西,鱼戏莲叶南,鱼戏莲叶北。"

保育员叔叔说:"小金鱼,你的新家里安装了最新的维生系统。它可以自动过滤水中的杂物,还能给鱼缸提供氧气。这样,我就不怎么会打扰到你了!"

没想到小金鱼还是在抱怨:"我想到水池里去游泳!"

叔叔带着他走过一个石拱门,来到了后花园。哇,这里好漂亮呀!一条瀑布从山石间挂下来,落到水池里。许多小金鱼在这里快活地游来游去。小金鱼迫不及待地跳进了水池。他说:"我喜欢这里,

我要生活在这里！"

"金鱼大师"吴伯伯来了。他带着大家来到新安装的触摸屏前，说："你们知道金鱼的祖先是谁吗？"

大陆第一个举手："是鲫鱼！"

"金鱼喜欢在哪种水里生活呢？是雨水？河水？还是……"

大陆不假思索就回答出来了："当然是晾晒后的自然水里！"

"文种、龙种、蛋种、草种，哪种金鱼是没有背鳍的呢？"

"蛋种金鱼！"安吉拉举起手说。

"金鱼的繁殖期是什么时候呢？"

小象福莱摸摸脑袋回答："应该是春季吧？"

"哇，你们都答对了！"吴伯伯鼓起了掌。

小金鱼终于不抱怨了。他说："好朋友，欢迎你们再来哦，我会想你们的！"

动物知识小百科

　　金鱼，属于鲤形目鲤科鲫属观赏鱼种，是野生鲫鱼的变种后代，发源于中国，已有1700多年的历史。金鱼性情温和，属于杂食偏肉食性的淡水鱼类，具有发达的咽喉齿。金鱼的适宜水温在18—26℃，适应偏弱碱性的水，20℃左右最利于金鱼的产卵和孵化。

　　金鱼形态的变异不仅与逐渐家庭化的养殖方式息息相关，也和水温、光照以及水的酸碱性等因素有着极大的关联。根据体型、眼睛、鳞片、色彩、鳃盖、头部、鼻膜、鳍部等8个方面的特征，金鱼大致可分为四大品系，分别是"草种""文种""龙种""蛋种"。

我是
一只
小袋鼠

朋友：

　　你好呀！

　　你知道我是谁吗？我是一个跳远健将，一步大概可以跳五米远呢！我的妈妈有一个袋袋，小的时候我就生活在妈妈的袋袋里。现在你知道我是谁了吗？猜对了，我的名字就叫作赤大袋鼠。

　　2019年9月，我出生在杭州动物园。你问我出生的时候有多大，告诉你，我长得可小呢。像一只小老鼠那么大？太大了。像一颗蚕豆那么大？还是大。告诉你吧，我出生的时候只有一粒花生米大小。

你问我，我是从袋子里出生的吗？别逗了，和别的哺乳动物一样，出生之前我也是生活在妈妈的子宫里的。

但是我妈妈的孕期比较短，只有三十三天左右。刚出生的我全身粉红色，有点透明，又弱又小。我饿了，就东看看西瞧瞧地找吃的。咦，哪儿来的香香的味道呢？啊，原来是从妈妈身上的一个袋袋里发出来的。我的食物一定在这个袋袋里。哎呀，袋袋离我好远呢！可是，我只有前腿才有一点点力气，要花多少力气才能爬进去呢？算了吧！可是我太饿了，还是试试吧。于是，我伸出前腿向前爬。爬啊爬，哎呀，我迷路了！妈妈的袋袋在哪里呢？还好，妈妈伸出舌头舔啊舔，舔出了一条通往袋袋的大路。这条大路软软的，还很湿润。我想：顺着这条大路往前爬，我一定能找到妈妈的袋袋。终于，我爬到了妈妈的袋袋里。

咦，这颗和米粒差不多大的东西是啥呢？妈妈说："孩子，这是乳头。你咬住乳头就有奶吃了。"我听了，赶快找到一个乳头咬住，妈妈的奶水就流到了我嘴里。哇，好香啊，好甜啊。我咕噜咕噜喝了几口，肚子就饱了。我正想张嘴，忽然听见妈妈说："孩子，你得一直咬住不能松，否则会从袋袋里掉出去。"

哎呀，掉下去太可怕了，我还是紧紧咬住妈妈的乳头吧。于是妈妈就带着我跳啊跳啊，我呢，就咬着妈妈的乳头晃啊晃啊，像荡秋千似的，可有趣了。

就这样，我在妈妈的育儿袋里待了五个多月。我慢慢变得有力气了。我踮起脚，抬起头。啊，我能探出头来了。外面的世界好美啊！绿绿的小草，五颜六色的小花。可是，妈妈却轻轻地把我的头按了下去。没关系，那我就把脚伸出来吧！可是，妈妈又把我的脚塞了回去。我又偷偷地探出头。我要跳下去，到草地上去玩一玩。可是，妈妈伸出手，又把我塞回了袋袋，她说："别着急，到你长大了的时候下地，那才安全呢！"哎，那我就耐心地等吧！

终于，我六个月了。我长大了，也长胖了。妈妈的育儿袋太小太挤了。我一喝奶，尾巴就露出来了，我赶紧把尾巴藏好。我再一喝奶，哎呀，我的小脚丫又露出来了！我得离开妈妈的袋袋，到外面的世界玩一玩！正想着，妈妈说："哎，带着这么大的宝宝，可真累呀，让我躺下来休息一会儿吧。"这真是一个好机会！我趁机探出头来，伸出腿，往前爬。啊，我终于落在地上了。

现在，我可以在园子里跳来跳去了。小朋友们看到了我，都朝着我叫："小袋鼠，快跳给我们看看啊！小袋鼠，快过来呀！"我从来没有听到过这种声音，也从来没见过这么多小朋友。他们会欺负我吗？我好害怕啊！还是赶快钻回妈妈的袋袋里吧。于是，我拔腿就跑，跑到妈妈身边，扒开妈妈的袋袋，"嗖"地钻了进去。妈妈马上就把袋袋合拢。我终于安全了。

现在，我已经长到一岁多了。我全身穿着一件浅棕色的大衣，个子高高的，前腿短后腿长，后腿一蹬，前腿就向前迈一步。再一蹬，

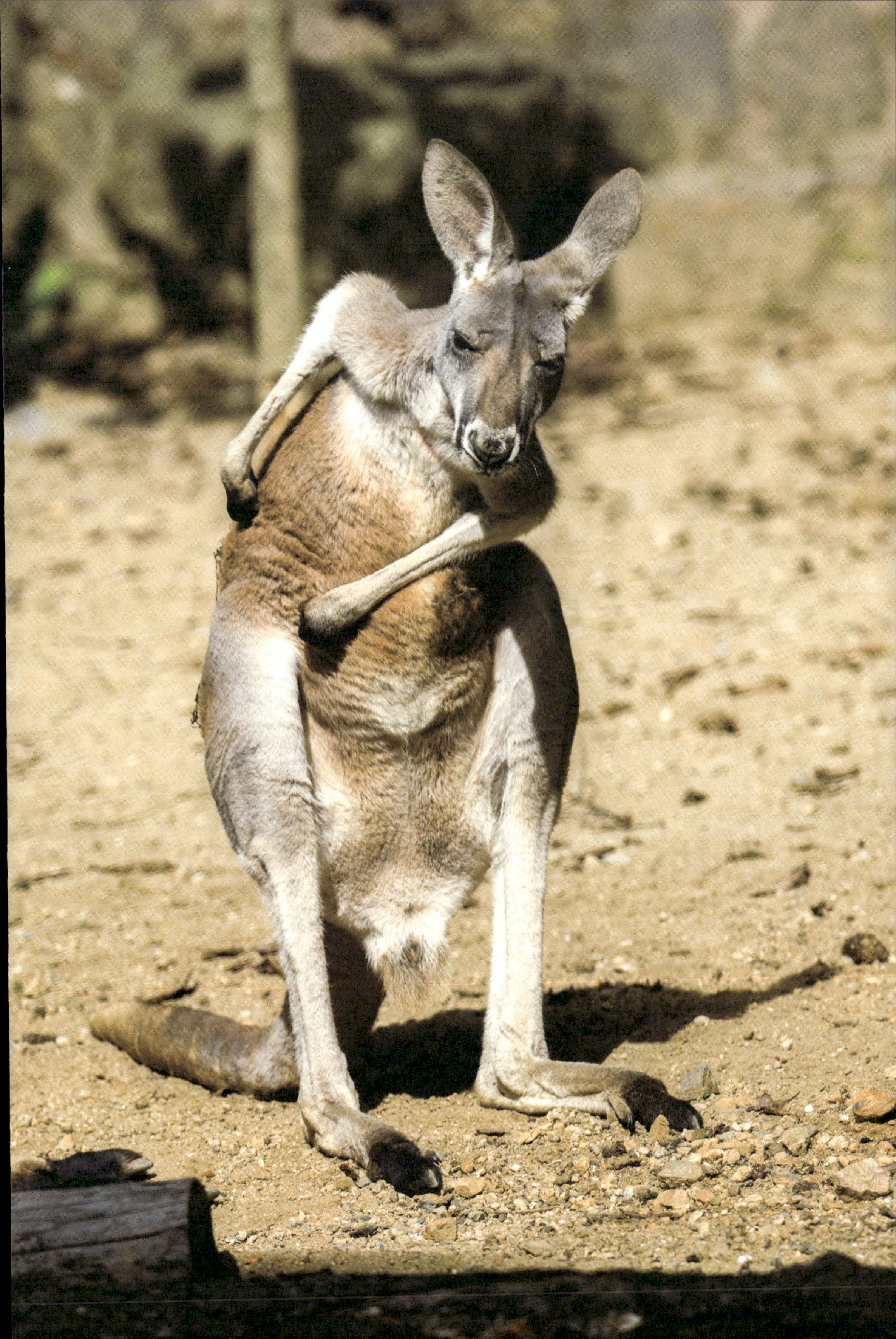

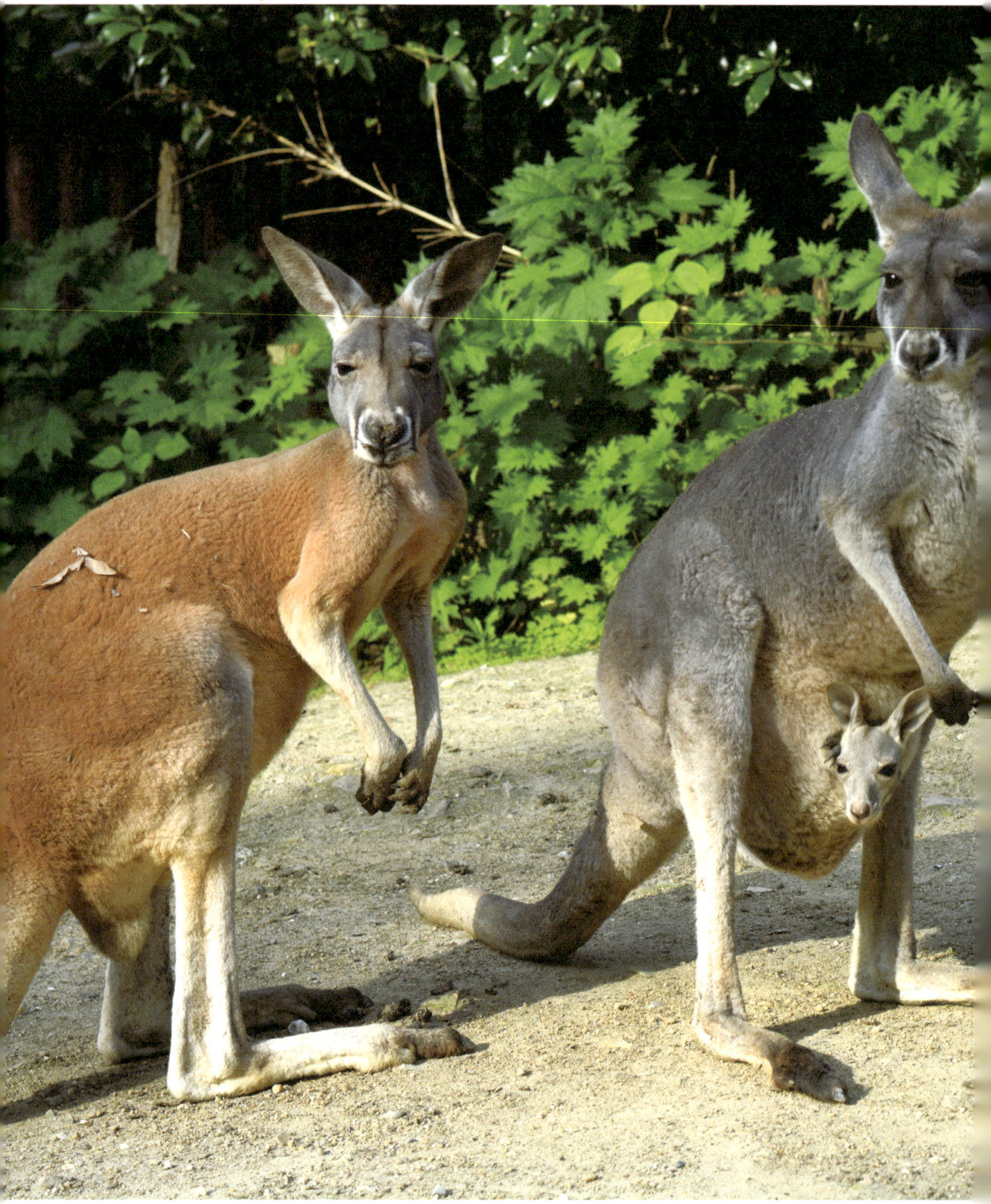

我整个身体就蹿出去很远了。我的尾巴又粗又长，是它让我的身体保持平衡，让我能坐着看周围的世界。啊，生活真美好啊！

朋友，我很喜欢你。我也很想和你成为好朋友。虽然我们在澳大利亚很常见，但如今数量却在不断减少。欢迎你常来动物园看看我，陪伴在我身边，保护我们哦。

你的小袋鼠

扫码收听本故事

动物知识小百科

　　赤大袋鼠分布在澳大利亚及其附近岛屿，属于有袋目袋鼠科。雄性赤大袋鼠体色呈红色或红棕色，雌性则是蓝灰色。其前肢短小，后肢长而有力，善于跳跃，腹部有育儿袋（仅雌性），有一条接近体长且粗壮的尾巴可以支撑身体。多在早晨和黄昏活动，喜群居，以草类等植物性食物为主食。袋鼠、考拉等有袋的动物，生下的幼仔很小，发育不全，需要进入育儿袋中，以母乳为食，继续发育，直到长大离开。

旋角羚羊
请客

早上，小象福莱对大家说："我的好朋友旋角羚羊请大家去做客呢！"小伙伴们都很高兴。大家来到了旋角羚羊的家。旋角羚羊龙凤早就在门口迎接大家了："工程师伯伯给我家做了新装修，欢迎大家来参观！"

一走进小花园，大家就被花园里新建的大土堆吸引住了。这是一段人造的灌木丛。石块和泥土堆成了长长的土堆，外围用粗细不一的木头做成围栏，里面是堆在一起的石块和树枝，并用掺着植物种子的土壤进行填充。土堆里生长着各种灌木和花草，植物枝叶从木头缝隙里伸展出来。

龙凤告诉大家，这叫"本杰士堆"。

马来熊大陆说："本杰士堆？这个名字好怪啊！"

龙凤说："'本杰士堆'是从事动物园管理的赫尔曼·本杰士和海因里希·本杰士兄弟发明的。"说完，龙凤探头采了几根草叶请大家品尝。草叶很鲜美。

龙凤又指着一旁的粗树桩说："福莱，这是蹭痒柱。我来教你怎么玩！"于是，龙凤就在树桩子上磨起了角，锻炼"铁头功"。可是对小象福莱来说，这根蹭痒柱太小、太矮了。福莱说："小龙凤，我一不小心就会把你的蹭痒柱踩扁的，我还是不玩了吧。"

工程师伯伯正在修整蹭痒柱，他笑着说："福莱，这是'环境丰

容'，是给动物们玩耍用的。过几天，我们给你的小花园也改建一下，你马上就会有自己的蹭痒柱了。"小象听了，举起两条前腿"嗷嗷"地叫了起来。

玩累了，旋角羚羊招呼大家吃午餐。午餐是一个大蛋糕。蛋糕胚是用蒸熟的杂粮和红枣做的，点缀着黄的香蕉、红的苹果、橘色的胡萝卜。南瓜被雕成大大小小的花朵装饰蛋糕，蛋糕周围还铺着食草动物爱吃的青草。大陆看得口水都要流下来了，他伸手就要去抓。

"别急！别急！你们再去玩会儿吧！"龙凤说，"午餐还没开始呢！"

只见保育员叔叔用树枝搭了一个架子，再把蛋糕藏在纸盒里，最后把纸盒放在架子上。

福莱早就想吃蛋糕了，她偷偷地转了回来观察了一下，心想：保育员叔叔为什么弄了个这么奇怪的东西呢？于是，她小心地往前走了几步，撅起屁股，顶了顶那奇怪的架子。哎呀，架子被顶翻了！

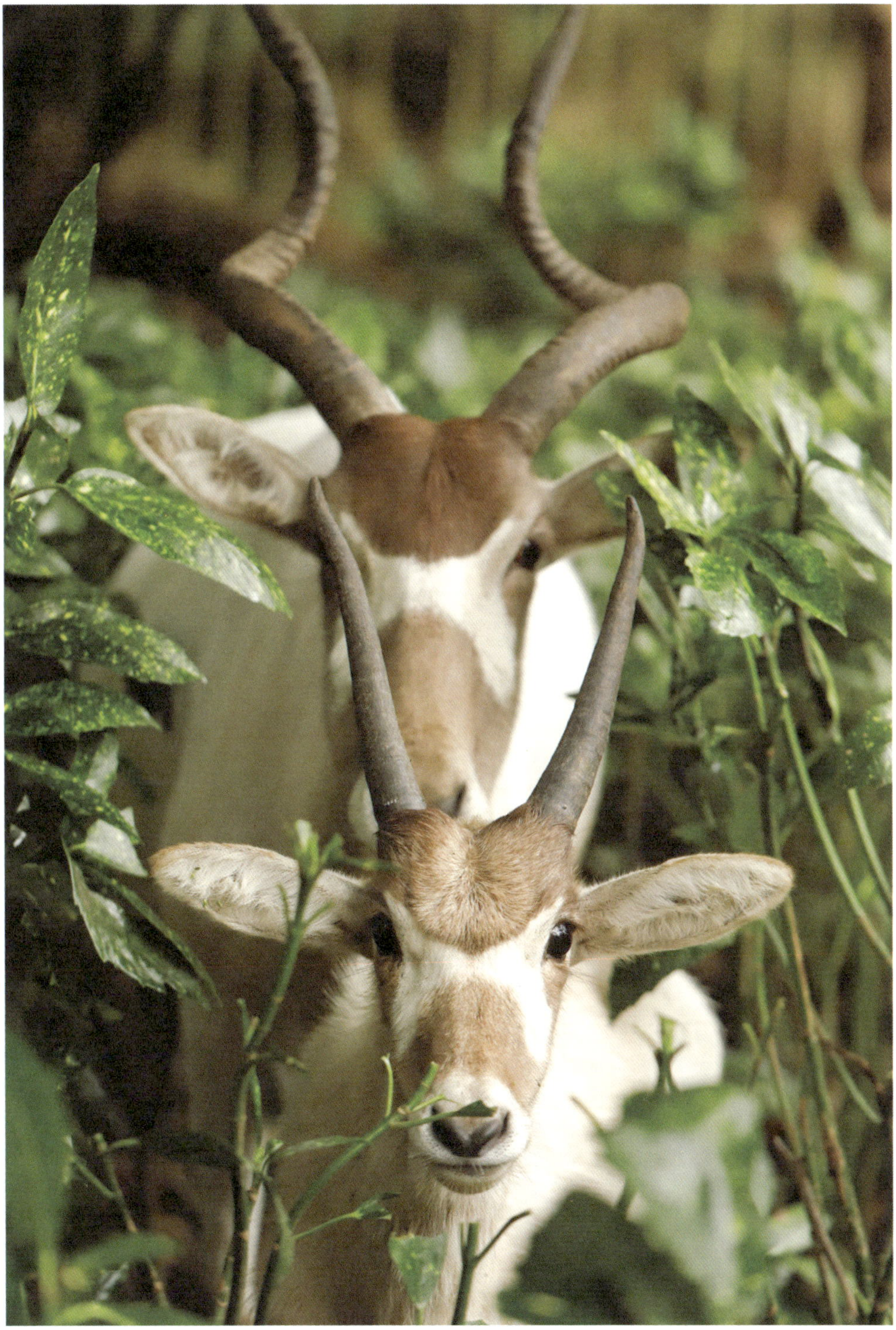

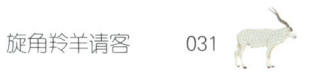

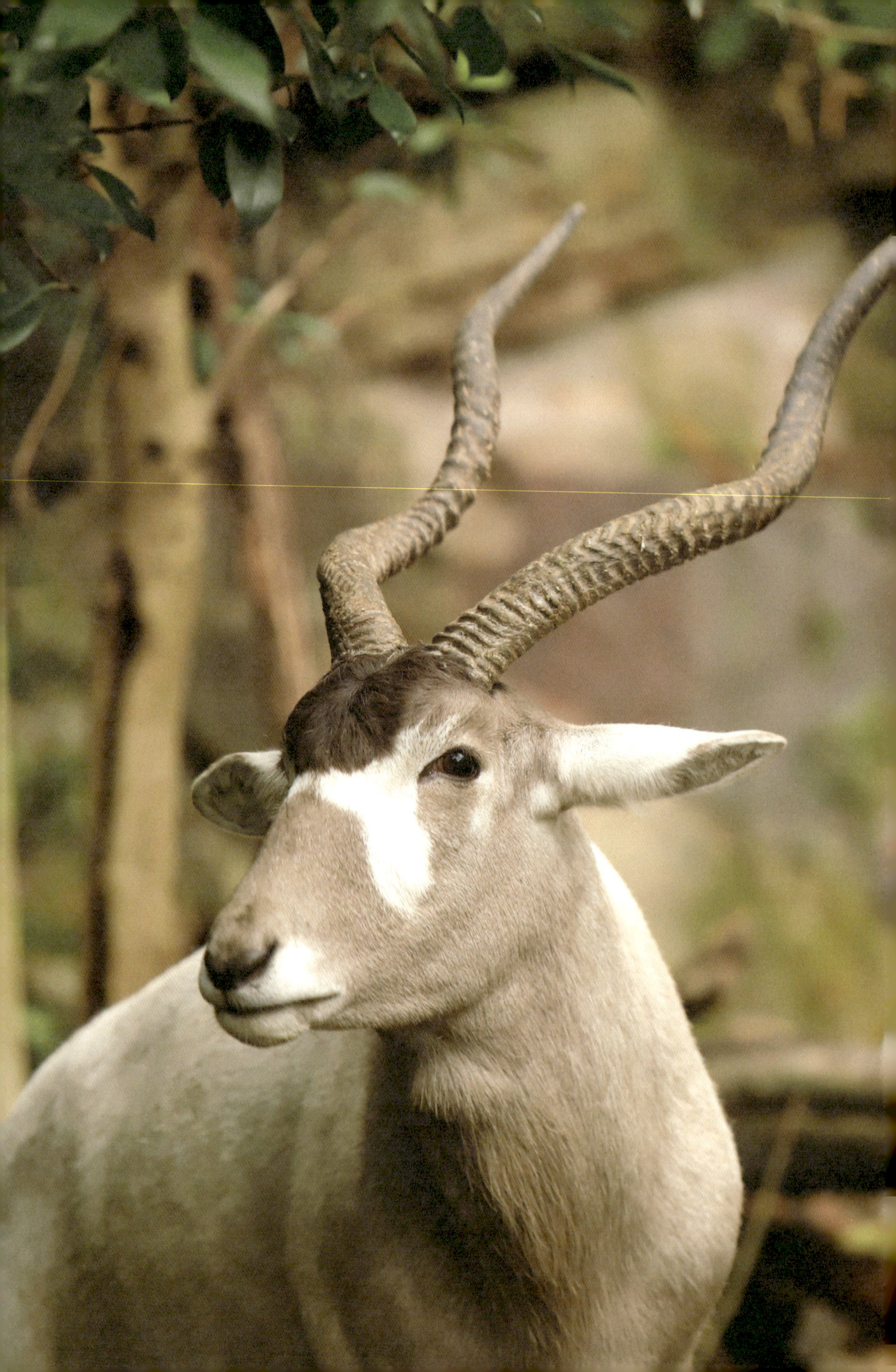

"糟糕，叔叔肯定会怪我的！"福莱转过身，想撒腿就跑。

龙凤拦住了她，说："福莱，你别担心，这是特地为我们做的。"

蛋糕盒子滚落在地上，张开一道口子，露出了里面的蛋糕。这下，大家都开心得又跳又叫。

福莱问："为什么吃个饭还要这么复杂呢？"

"是为了让你们动脑筋想办法呀！把食物藏起来，就叫'食物丰容'。"工程师伯伯说。

"哇，您能给我们家也做做丰容吗？"大家都围住了工程师伯伯。

"好，好，一个都不落下！"工程师伯伯模仿热带雨林为小象福莱建造了泥沙浴场、游泳池和蹭痒柱，给马来熊大陆的熊山装上了大拱桥，还给虎山装上了可以扑食的麻袋。大家生活得更舒适了。

扫码收听本故事

动物知识小百科

旋角羚羊体长 1.5—1.7 米，肩高 0.9—1.1 米，成年体重约 120 千克。它的肩比臀部略高，蹄宽大，适于在沙漠中行走；雌雄均有角，成年后角长约 80 厘米，分别向后外侧再向上弯曲，并略呈扁螺旋形扭曲。旋角羚是植食性动物，它们会在广阔的沙漠中寻找粗糙的植物，以草、树叶和其他灌木为食，可长时间不喝水，极度耐旱，分布区域集中在非洲冈比亚、阿尔及利亚并向东延伸至撒哈拉大沙漠。

长颈鹿的一家

动物园新来了长颈鹿妈妈汤圆和宝宝元宵。小元宵常看到一只高高大大的长颈鹿。他问妈妈:"妈妈,妈妈,那只高高大大的长颈鹿就是我的新爸爸吗?"

"没错哦,宝宝,你看天天爸爸长得又高又帅。我们以后就要一起生活啦。"

"那他会喜欢我吗?"

"当然啦,我们元宵宝宝这么可爱,天天爸爸肯定也会疼爱你的。"

"那太好了,妈妈!可是为什么我们不能马上和新爸爸住在一起呢?"

"那是保育员阿姨为我们的安全和健康着想,她要给我们时间互相熟悉呀。放心吧,我们很快就能和天天爸爸亲密接触啦。"

大陆和安吉拉听说长颈鹿家来了新成员,兴奋地来到长颈鹿馆。保育员阿姨对他们说:"大陆,安吉拉,今天我们就要让长颈鹿一家团聚啦,欢迎你们来看他们。"

"太好了,谢谢阿姨!"

阿姨打开了护栏,让汤圆妈妈先来到天天爸爸身边。他们俩互相嗅嗅气味,蹭蹭身体,友好地交流了一番。阿姨看长颈鹿爸爸妈妈相亲相爱,就让元宵宝宝也出来了。看到对面站着的天天爸爸,元宵宝宝可激动了,马上跑到天天爸爸身边,这里嗅嗅,那里蹭蹭。

天天爸爸同样也在嗅元宵宝宝:"哈哈,小元宵,我已经熟悉你和汤圆妈妈的味道了。你放心,以后我会保护你们的,要让你快快乐乐地成长。"

"天天爸爸,您好高啊!"

"以后你也会不停长高,长到和我一样。不,要长得比我还高,好不好?"

"太好了,太好了,我以后一定要长得比您更高更壮。长大以

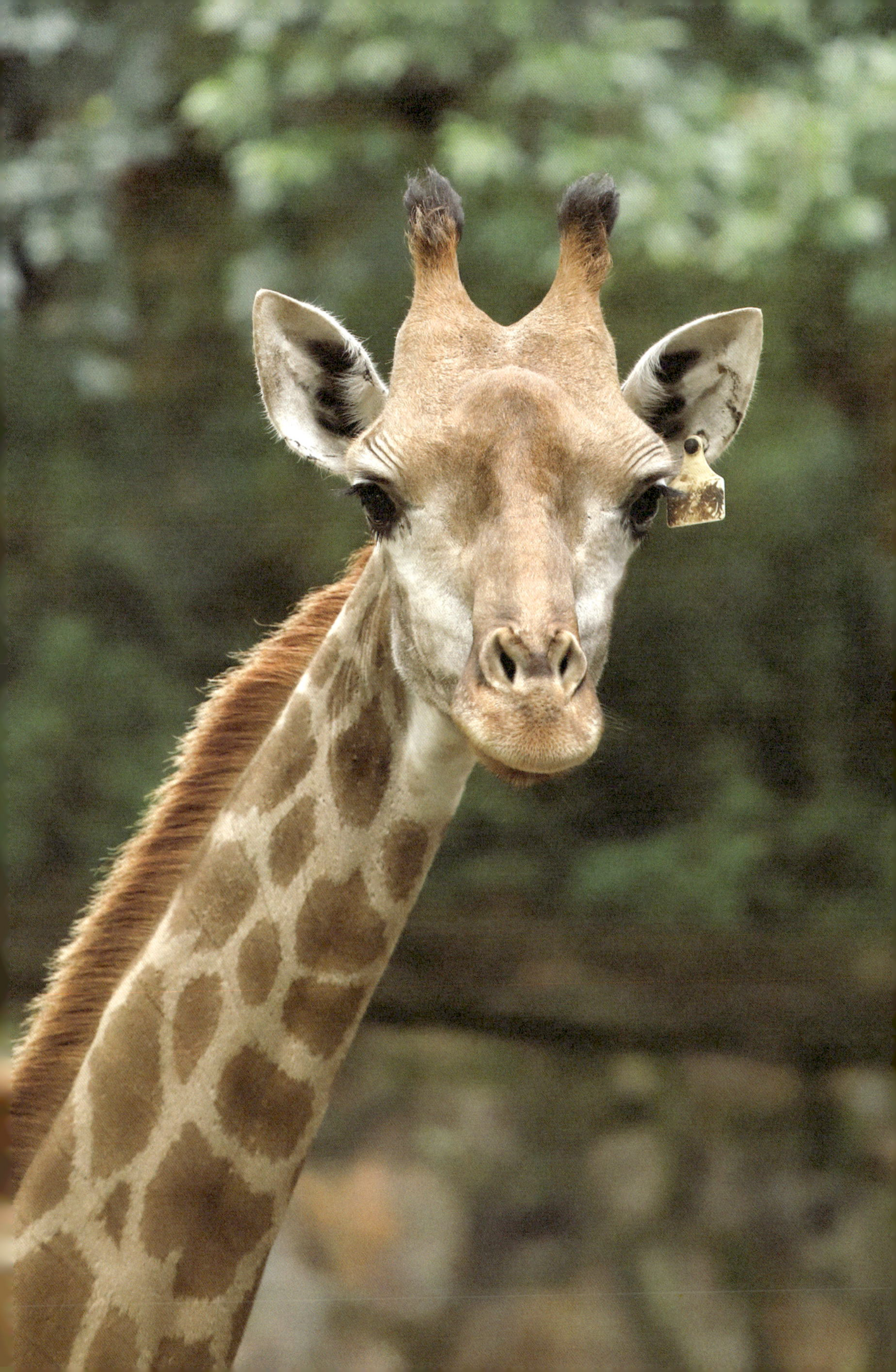

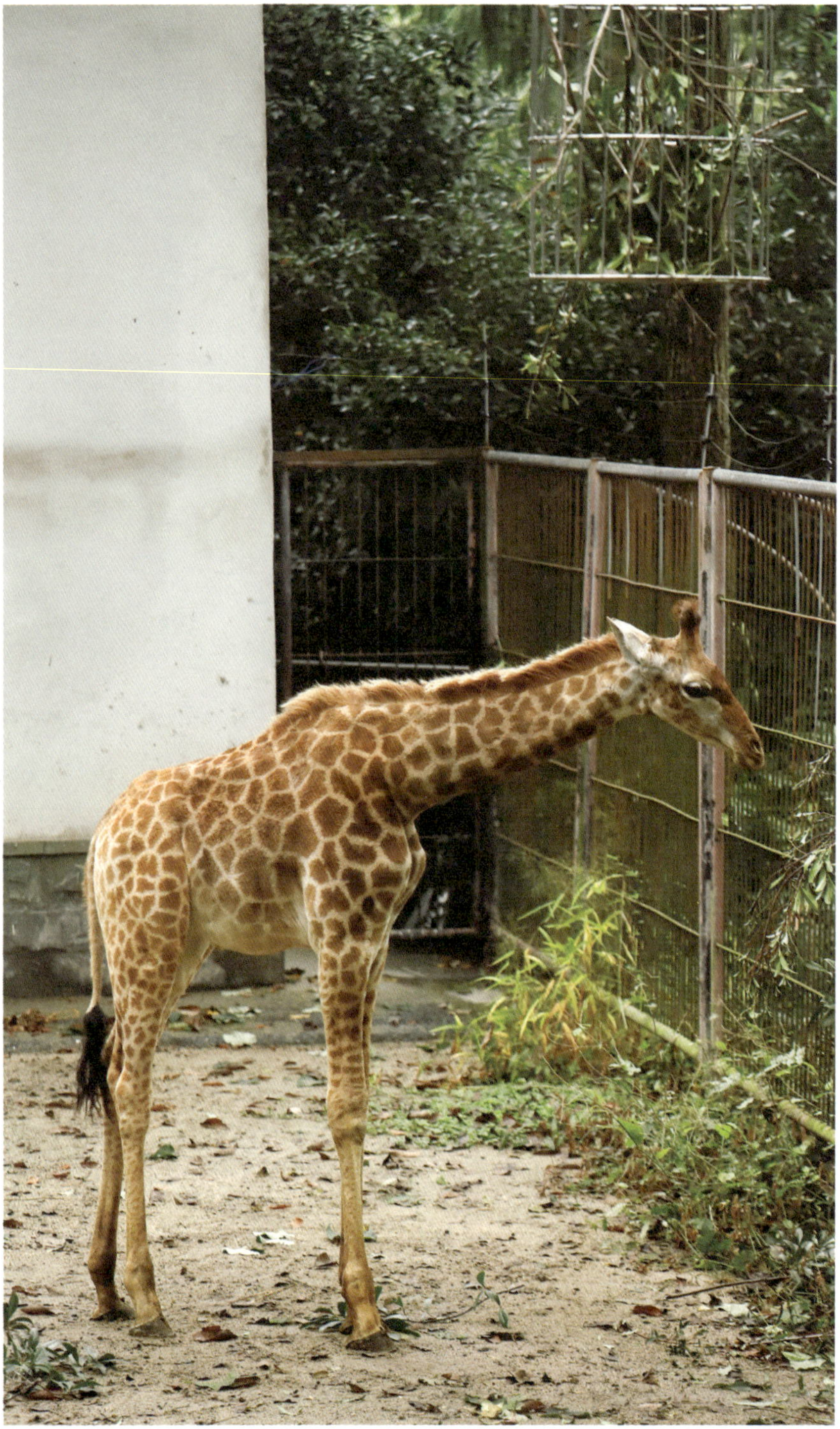

后，我来保护你和妈妈。"

"那小元宵可要好好吃饭，补充营养。这样才能茁壮成长，成为长颈鹿里的小男子汉哦。"说着，天天爸爸带着汤圆妈妈和元宵宝宝一块儿吃起了树叶。

大陆看着，高兴地说："长颈鹿一家真是温馨啊！"

保育员阿姨对大陆说："长颈鹿喜欢以家庭为单位生活在一起。之前，动物园里只有天天一只长颈鹿，我们花了好大的力气才把汤圆和元宵请来。瞧，现在天天多开心啊！"

扫码收听本故事

动物知识小百科

　　长颈鹿是世界上现存最高的陆地动物,也是最大的反刍动物。一头成年长颈鹿的身高为 4.3—5.7 米。其在非洲分布广泛,主要栖息于稀树草原和疏林。它们的食物主要为树木的嫩枝与树叶,它们常利用紫黑色的舌头卷取食物。杭州动物园专门为长颈鹿设置了喂食设施——将树叶捆绑后通过滑轮吊在高处,可以模拟长颈鹿野外进食的场景,杆子上还标有刻度,这样一来,在长颈鹿吃树叶时,就能轻松测量出它们的身高了。

都是猩妈的好孩子

动物园里有一只黑猩猩叫美美。有一天，美美生了一个胖娃娃。工作人员们很开心，给她取了个好听的名字叫美兰。美美第一次当妈妈，还是个新手，经常忘记还有个娃娃需要照顾，仍然每天上蹿下跳，美兰只能紧紧攀住妈妈，不让自己掉下去。美美没办法，只能抱着她玩。于是美兰有时被妈妈头朝下抱在怀里，有时被挂在妈妈的腿上，有时就倒着攀在妈妈身上……

　　美兰慢慢长大，能够熟练地在地上爬行了。美美更是放心，再也不管美兰了。有一天，美兰从树桩上跳下来，落在高低不平的地面上，摔了一大跤。美兰疼得大叫："妈妈！妈妈！"可是，美美玩得不亦乐乎，根本没有看见这危险的一幕。美兰伤心地哭了。

　　这一切，被另一只刚做了妈妈的黑猩猩明明看见了。她想：如果任由美兰到处乱爬的话，会很危险的。让我来照顾美兰吧！

　　于是，明明主动担起了照顾美兰的责任。她常常一手抱着美兰，一手抱着自己的宝宝小葡萄喂奶。美兰终于感受到了爱的温暖。她开

心地叫着:"妈妈!妈妈!"她总是站在明明妈妈身边,亲切地抚摸着弟弟小葡萄,说:"我的弟弟多可爱呀!"

美兰经常和弟弟一起追逐打闹,明明总是在一旁,寸步不离地保护着他俩。有一天,美兰又和弟弟在地上滚来滚去,一不小心,美兰的手打到了小弟弟。明明很心疼,她想:美兰长大了,力气也大了,一不小心就会伤害到小葡萄。我得好好管住小葡萄,让他们长大点再一起玩吧!

于是,明明总是把小葡萄抱得牢牢的,即使放在地上,她的眼睛也会一刻不离地盯着小葡萄。美兰只能一个人玩了。她一会儿翻跟斗,一会儿捉小虫。小葡萄看见了,好羡慕啊!他趁妈妈不注意,就偷偷地伸出左腿往外爬。妈妈一伸手,就把他捉了回来。过了一会儿,小葡萄又伸出右腿,悄悄地往外爬。妈妈一伸手,又把他捉了回来。别的小朋友在一边咯咯地笑了起来。他们说:"小葡萄,你真是孙悟空逃不出如来佛的手掌心啊!"

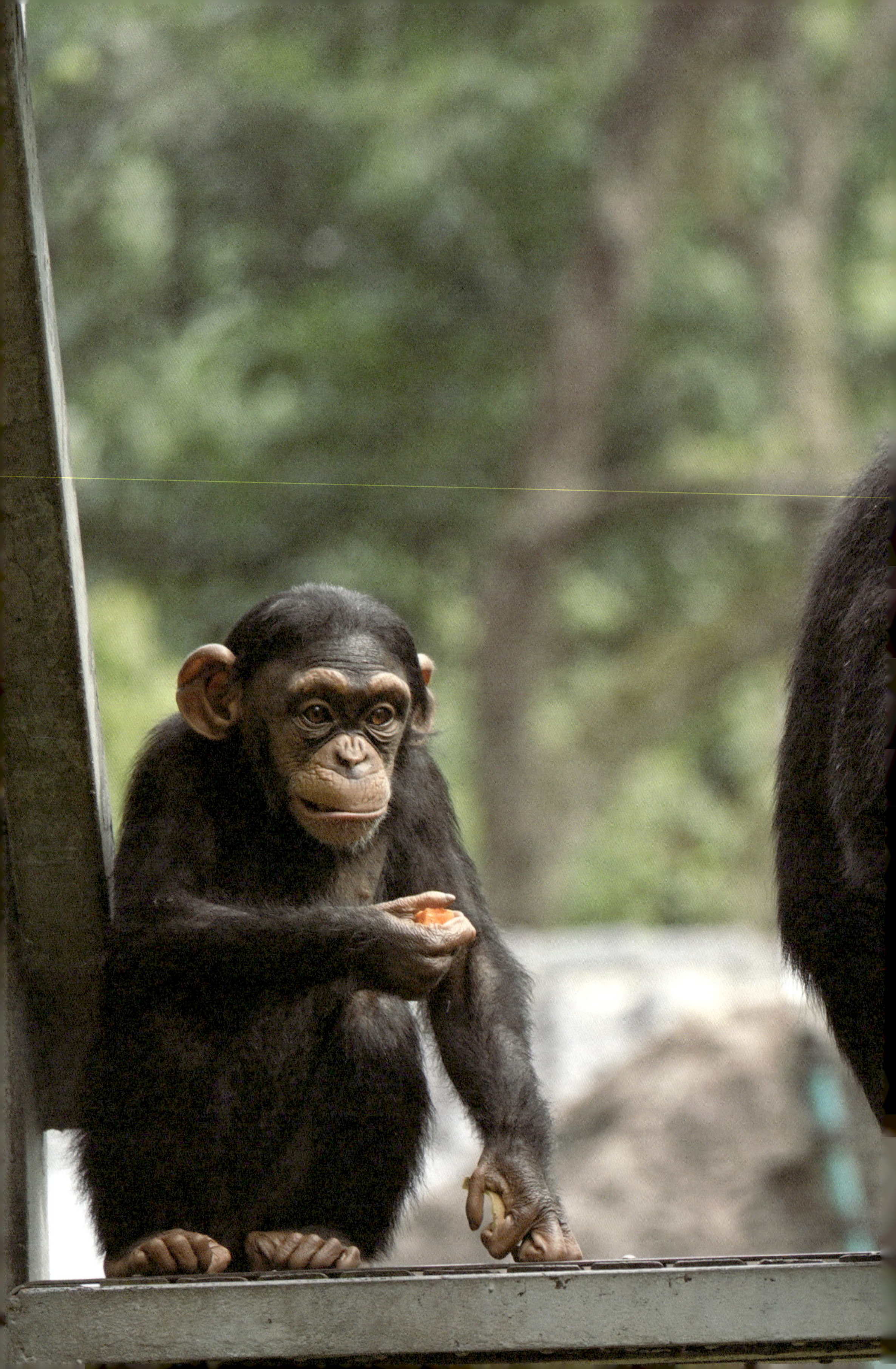

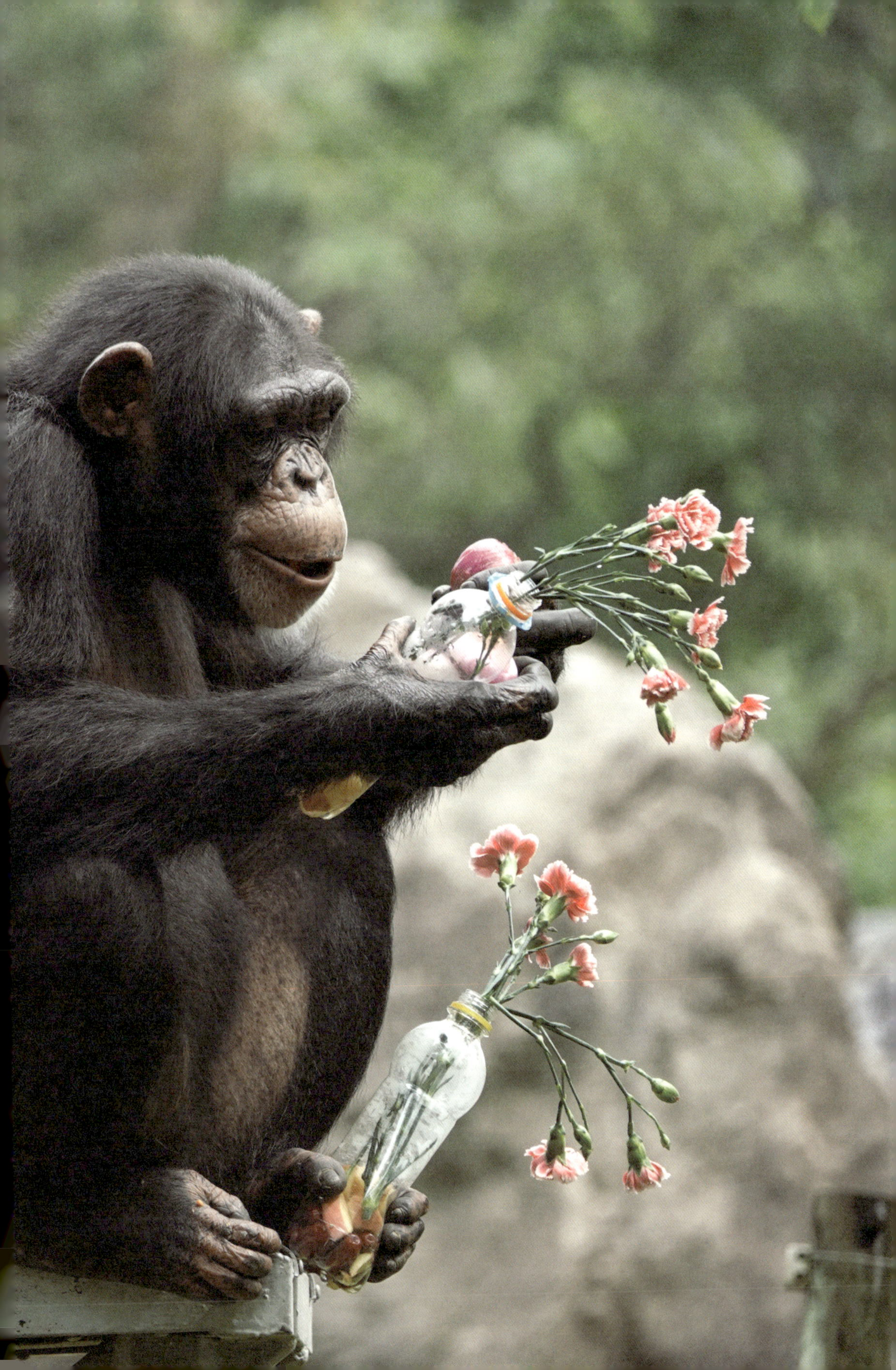

终于，明明抱着小葡萄睡着了。小葡萄又偷偷地从妈妈怀里钻出来，跑到姐姐身边。他们一边打闹，一边"咯咯咯"地笑着，玩得可开心了。美兰从石头上跳下来，不小心踩到了小葡萄的手。小葡萄疼极了，"哇"的一声哭了起来。妈妈从睡梦中惊醒，赶紧把小葡萄抱了起来。哎呀！宝宝的手肿起来了。她抱着小葡萄，不停地揉着他的手臂。美兰看见了，心里也很难受。她也伸出手来给小葡萄揉手臂。生气的明明狠狠地打了一下美兰的手。美兰疼极了，她看着妈妈和小弟弟亲热的样子，心里很不是滋味，越想越伤心，独自爬上了高高的瞭望台，望着远方呜呜地哭了。

　　过了一会儿，小葡萄的手慢慢能活动了，明明悬着的心也慢慢放下了。咦，我的美兰呢？她着急地找美兰。跑到东，没有看到美兰的影子；跑到西，也没有看到美兰的影子。她抬起头，看到美兰正坐在高高的瞭望台上，伤心地望着远方哭呢！她后悔极了："我怎么能打她呢？！"

明明抱着小葡萄爬上了攀爬架："美兰，美兰，别哭了，妈妈在这里呢！"

美兰伤心地说："你是阿姨，不是我妈妈！"

明明一把抱起了她说："美兰，我就是你的妈妈，妈妈怎么会不爱你呢？妈妈只是担心弟弟，太着急了，所以才不小心打了你，你能原谅妈妈吗？"

"妈妈！"美兰激动地扑到明明怀里。明明一手抱着大宝，一手抱着小宝，对他们说："你们都是妈妈的好孩子啊！"

哭累了的美兰贴着妈妈的身体，幸福地抱着小葡萄，甜甜地睡着了。

现在，如果你来到动物园，就可以看见两只小黑猩猩总是黏在妈妈身边快乐地玩耍。美兰总是把弟弟护在手心里，谁也别想伤害到她的小弟弟。

扫码收听本故事

动物知识小百科

　　黑猩猩主要分布于非洲赤道附近的热带森林中，在地上的时间超过在树上，能使用简单工具，是已知仅次于人类的最聪慧的动物，其生活行为和社会行为都近似于人类，在人类学研究上具有重大意义。黑猩猩是群居动物，没有固定的领地，极度喧哗好闹而且喜怒无常。大家经常会看到有的黑猩猩屁股红红的肿起来，像是长了一颗大肉瘤，这并不是黑猩猩生病了，而是一种正常的生理现象——性皮肿。只有雌性黑猩猩会出现这一现象，表明她们正处于发情期。

黑夜里的幽灵

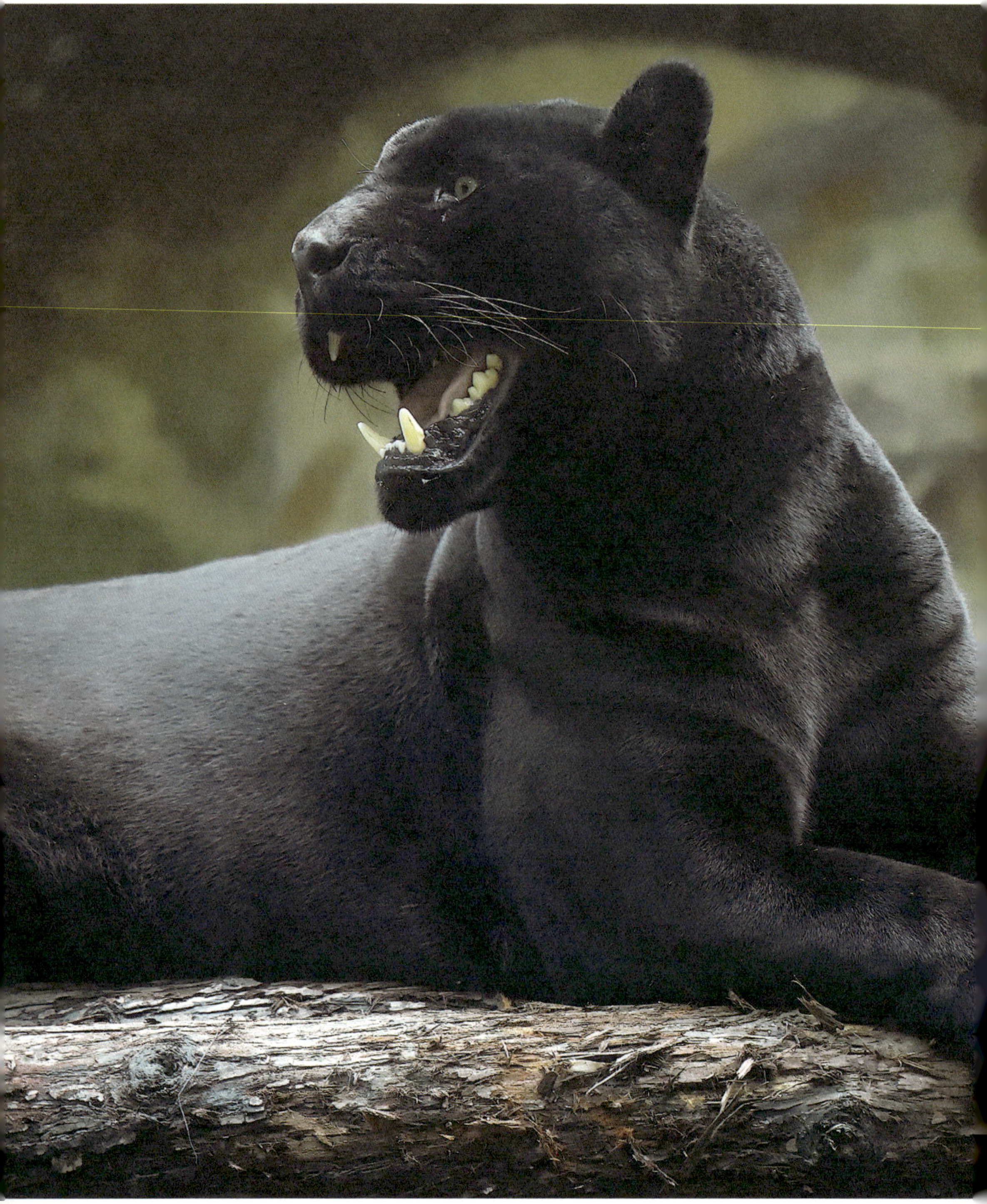

黑夜里的幽灵

傍晚,小象福莱来到了熊山:"大陆,今天晚上动物园开展'动物园奇妙夜'夜游活动。我们也去探险吧,我还没逛过晚上的动物园呢!"

"晚上动物园黑咕隆咚的,我怕黑。"

"大陆,别害怕!"福莱用长鼻子拍拍大陆。

大陆点点头,小声答应了。

"探险小分队!出发!"安吉拉说。

夜晚的动物园里黑漆漆的,没有路灯,小象福莱说:"安吉拉,你坐到我背上来吧,这样就不会摔跤了。"福莱又拿出一盏小圆灯,说:"为了不打扰动物的休息,动物园特地不安装路灯。别害怕,朋友们,有小圆灯呢!"

三个好朋友在漆黑的夜里提着小夜灯开始探险啦!动物园的夜可真美妙!弹琴蛙"gei,gei,gei"地叫着,不同的蛙鸣声此起彼伏,就像一首协奏曲。

小象先带着马来熊姐弟来到自己家。哇!母象罗纹竟然是站着睡觉的!安吉拉说:"站着怎么能睡熟呢?"

大陆说:"要不我们回家也试一试?"

福莱说:"不用试,你们肯定睡不着。其实,我们大象也不是都站着睡。妈妈站着睡是因为身体庞大,躺下再站起来比较困难,在野外容易被袭击,站着睡可

以保持警惕。"

"哦,原来是这样啊!"

大家又来到爬行动物馆。一条大蟒蛇正在睡觉呢!安吉拉惊奇地叫了起来:"哇,大蟒蛇竟然睁着眼睛!正在瞪我呢!"

大陆说:"没事的,这条蟒蛇应该已经睡着了!蛇没有眼睑,即使想闭上眼睛也做不到!"

福莱拱拱大陆:"大陆,我发现你越来越勇敢了呀!"

"那是,我要成为男子汉呢!"

忽然,漆黑的夜里亮起了两只小灯泡。它们在高处一闪一闪,安吉拉被吓了一跳。大陆说:"别怕,是美洲豹。"此刻,美洲豹静静地横卧在一根树杈上,柔软的身子紧贴着树干,摆着随时准备从树上猛扑下去的姿势。三人组的声音惊动了他。他的瞳孔睁得更大了!忽然,美洲豹露出了匕首一般锋利的牙齿,发出一串串像咳嗽似的咆

哮，朝着地面猛扑下去。安吉拉连连后退，她知道，如果不是在动物园里，他此刻已经跃到猎物的背上，狠狠地咬住了对方的喉咙。

安吉拉的心"噗噗"地乱跳："美洲豹真是'黑夜幽灵'啊！"

动物知识小百科

　　美洲豹是猫科豹属的大型猫科动物，是现存的第三大猫科动物，主要栖息于亚马逊盆地，领地意识极强。它的生活环境复杂，是蛰伏突袭的掠食者，爱独行，善于游泳、攀缘、奔跑和爬树。全身一般呈金黄或橘黄色，布满了密密麻麻的黑色的花斑；杭州动物园里生活的是黑化的美洲豹，全身黑色，仔细看也能隐约在黑色中看到斑纹。虽然它身上的花纹与豹接近，但整个身形更接近于虎。

吃吃睡睡的非洲狮

今天，探险小分队在动物园里玩耍。忽然，一阵低吼声传入大家耳中。大陆赶快拉紧安吉拉。安吉拉说："别怕，这是狮子的吼叫声。他有点起床气，这是在提醒大家，他要起床活动了。"

狮山住着一只雄性非洲狮豪豪。他的头宽大而浑圆，炯炯有神的眼睛射出犀利而威严的光芒，脖子上长着一圈浓密的鬃毛。早上保育员叔叔刚刚给外场做了丰容，偷偷在角落藏了一点斑马的毛发和粪便。豪豪闻到了陌生的气息，警惕地到处寻找，很快就发现了藏起来的小惊喜。确认没有危险，巡视完领地，豪豪就去休息了。

大陆伸长脖子到处寻找狮子，可就是找不到他的影子。

安吉拉说："快看草丛！我看到狮子的尾巴了，他藏得可真够深的呀！"

大陆问保育员："叔叔，狮子为啥躲在草丛里呢，在土坡上晒太阳不好么？"

"非洲狮豪豪对休息的地方有很高的要求哦。他喜欢有遮蔽的地

方。领地里茂密的植被、漂亮的亭子，都是他经常休息的地方。他每天最喜欢的事情就是挑个地方睡懒觉，就和他在非洲草原上的同类一样，习惯了每天四小时工作制。"

"为什么豪豪这么喜爱睡觉呢？他真是个懒虫啊！"大陆哈哈大笑。

"即使是在野外，非洲狮一天中绝大多数时间也在闭目养神，这样主要是为了保存体力，可以把更多的精力用在捕食上。狮子们在野外都是饥一顿饱一顿的，在不知道下一顿肉在哪里的情况下，躺着不动会更有利于生存。虽然豪豪在动物园不愁吃喝，但也保留了爱睡懒觉的天性。"

"哈哈哈，大懒虫还真会动脑筋呢！"

听到安吉拉叫自己大懒虫，豪豪很生气。他打了一个长长的哈欠，露出锐利的牙齿，大吼一声，鬃毛根根竖起。伴随着深沉有穿透力的吼叫声，非洲草原霸主的气息扑面而来。"小家伙们，不要轻举妄动哦，我可不是好惹的！"豪豪说。

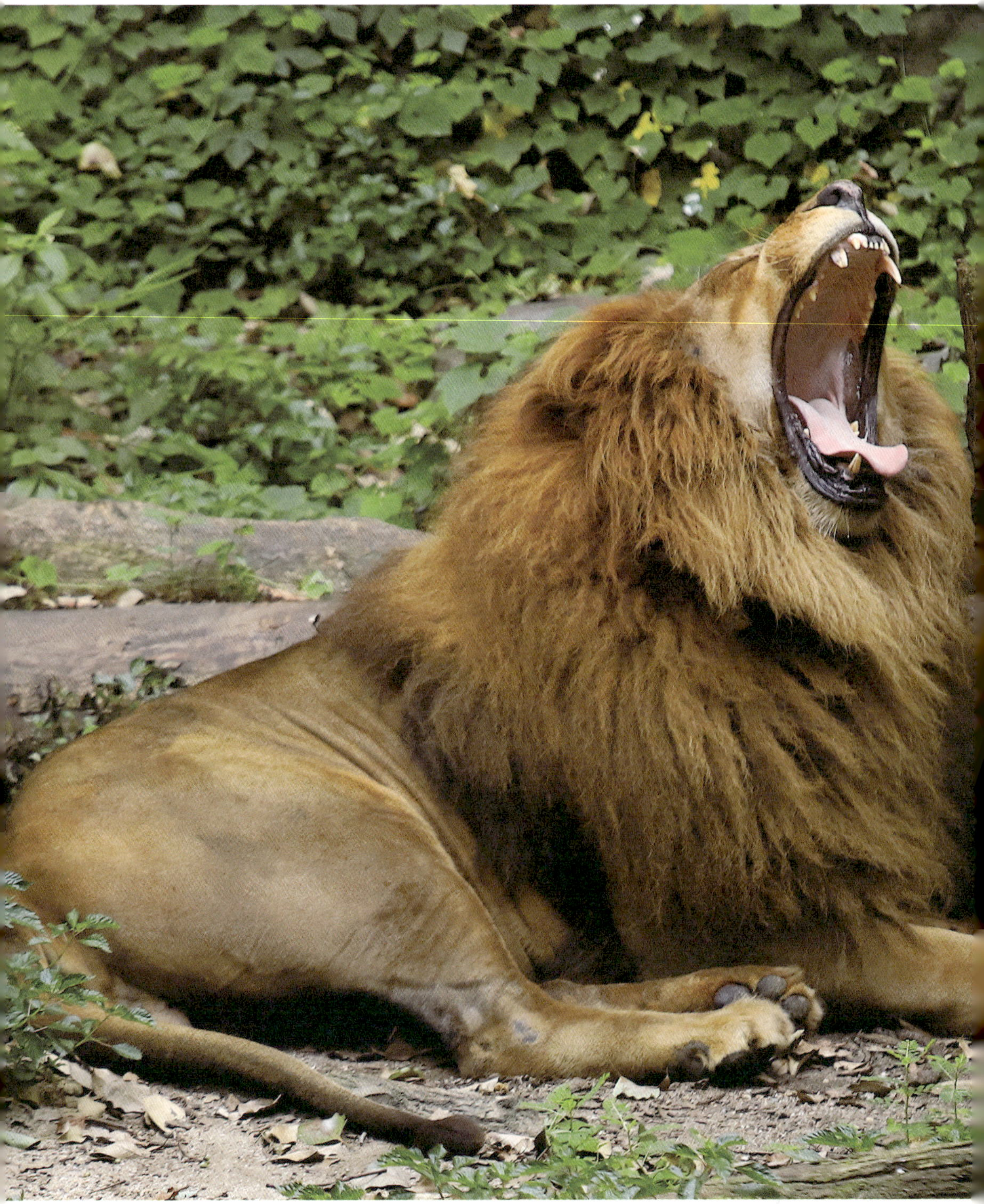

要说还有什么比睡觉更吸引豪豪的，那一定是吃肉啦。作为典型的食肉动物，豪豪无肉不欢。今天，豪豪找来找去，就是找不到肉，便焦急地低吼起来。保育员叔叔为豪豪带来了一小块鸡肉。豪豪见到肉，先是警惕地压低身体，前腿趴地，后腿弓起，然后猛地发力，庞大的身体一下跃起，像是离弦之箭一样弹射而出。他把食物按在爪下，满意地舔了一口，然后将肉连着骨头一起吞下肚子。他吃肉时发出咔咔的声响，仿佛在提醒大家："离我远点哦。"吃完后，豪豪四处嗅嗅探探，伸出舌头舔舔嘴角，意犹未尽："今天的肉肉太少了，连塞牙缝都不够啊。"

"叔叔，给豪豪吃这么少的食物，他不会饿吗？"大陆问。

"为了让豪豪能更加活泼一点，我们模拟狮子在野外的活动情形，每周都会有一天让他饿一下肚子，多活动活动筋骨。今天正好就是，所以食物才这样少。"

安吉拉说："养狮子还有这么大的学问啊！豪豪，再见了，我们还会来拜访你的！"

扫码收听本故事

动物知识小百科

狮是世界上唯一一种雌雄两态的猫科动物，雄狮有长长的鬃毛，一直延伸到肩部与胸部，而雌狮并没有。狮有非洲狮群与亚洲狮群两个亚群，目前在杭州动物园展示的是非洲狮，它们在野外栖息于开阔的热带稀树草原或半荒漠地带，在黄昏或夜晚捕猎，捕食羚羊、斑马、水牛等食草动物。雄狮通过咆哮和尿液气味标记领地，如果你在早晨9点钟与下午4点钟左右来杭州动物园狮山附近参观，你就有机会亲耳听到那低沉震撼的狮吼了。

大虎和小虎的家

都说"一山不容二虎",但是在 2017 年,在杭州动物园的虎山里,你可以同时看到大虎和小虎。当时小虎才 2 岁,大虎比小虎大 2 个月。因为年纪都还小,动物园的工作人员就把他们安排在同一座虎山里。这样,两个小朋友就可以一起撒欢了。

这对虎兄弟出生于中国东北茂密的森林里,那里天气寒冷。刚到杭州动物园,小虎就被杭州的气候给吓到了:"哎呀,这里也太热了,我可怎么生活呀?"

"别担心!"保育员叔叔把他们带到了虎山,"大虎、小虎,这座虎山是为了迎接你们的到来而特意建造的哦,你们一定会喜欢的!"

虎山很宽敞,足够虎兄弟撒欢。这里树木参天、植被丰富。大虎很喜欢,他跑到一片树荫下乘凉:"哇,这里好凉爽啊!"

小虎看到一条小河围绕着虎山,也很高兴,跑到水边,咕嘟咕嘟地喝了几大口水,开心地说:"这里很适合我,以后我可以经常来河边喝水洗澡了,我也不怕热了!"

保育员叔叔说:"大虎,小虎,你们对新家还满意吗?"

两只小老虎连连点头,说:"满意满意!""我们非常满意!"

两只东北虎来杭州动物园安家,最开心的当然是动物园里的小动物们了。这不,好多小朋友都赶来一睹他们的风采。可是老虎在哪儿呢?大陆仔仔细细地把虎山瞧了个遍,就是看不到大虎和小虎的身影。

突然,眼尖的福莱兴奋地叫了起来:"快看!快看!两只小老虎在山洞口的树荫下睡懒觉呢!"

"小老虎,快醒醒,我们一起玩游戏吧!"大家都喊了起来。

可是,老虎们好像没有听到他们的叫声,继续睡自己的懒觉。

"快醒来吧,快醒来吧!"大家又叫了起来。

大虎被吵醒了。他翻了一个身,慢悠悠地站了起来:"是谁在那儿吵呀?我得去巡山!"

"我也去，我也去！"小虎是个跟屁虫，他也跟着爬了起来。

大虎把头抬起来一看："哦，原来是这些小朋友打扰了我的好梦！"他心里很不高兴，就朝着小朋友们大吼一声。吼声震天，小朋友们被吓了一跳，都闭上了嘴巴。

小虎朝大家瞥了一眼，也毫不客气地大吼一声，转身就把头伸进树丛里，观察着树丛里的动静。他们俩一前一后，在虎山里慢慢地巡视了一圈。平安无事！大虎小虎回到山洞里，继续睡大觉。

"哎，这两只东北虎可真懒啊！"大家没有看到老虎神采奕奕的样子，觉得很失望。

保育员叔叔听到了，说："孩子们，你们错怪大虎和小虎了。老虎喜欢傍晚出来觅食，所以白天总是懒洋洋的。这是他们的生活习性啊！"

"哦，原来是这样！那我们怎样才能看到老虎活动的样子呢？"大陆问。

保育员叔叔拿来一只用纸板做成的小鹿，小鹿肚子里装满了大虎、小虎爱吃的肉。他把小鹿放进虎山后，关上山洞门，悄悄地退出了虎山。

"孩子们，你们都瞪大眼睛哦，精彩即将开场喽！"保育员叔叔神秘地朝大家眨眨眼睛。

大家都屏住呼吸，朝着洞口看。只见两只老虎慢慢抬起头来，左右晃了晃脑袋。他们好像嗅到了什么，缓缓地爬了起来，踱到山洞口。忽然，他们精神抖擞地朝着小鹿的方向奔去。他们朝着小鹿扑啊，咬啊，与刚才懒洋洋的样子简直判若两人。

"在动物的生活中除了吃和睡，运动也是很重要的。动物园里的动物饭来张口，很容易丧失野性。我们利用各种丰容来排解动物的无聊，可以使他们像在野生环境里那样健康成长！"保育员叔叔说。

动物知识小百科

　　虎有 9 个亚种，其中 3 个（爪哇虎、里海虎、巴厘虎）已经灭绝，现存 6 个亚种（东北虎、华南虎、马来虎、孟加拉虎、苏门答腊虎、东南亚虎）。我们可以通过虎的条纹特征来区分不同的个体。东北虎，是国家一级重点保护动物。在所有猫科动物中，东北虎的体型最大，平均体重 270 公斤，最大可达到 350 公斤以上，主要分布在亚洲东北部，即俄罗斯西伯利亚地区、朝鲜和中国的东北部。虎额头处的斑纹像极了汉字中的"王"字，因此，虎被誉为"森林之王"。

是狐、
浣熊
还是狸

动物园里有一种小动物。它们白天休息，晚上则精神十足地出来觅食。

今天，大陆和安吉拉在动物园玩耍时，就刚好看到了其中一只。那是一个毛茸茸的小球，蜷缩成一团，在阴凉的地方休息。

"这是什么呀！懒洋洋地缩成一团，好可爱！"

"看起来像一只胖狐狸！"

"喂，朋友，你是小狐狸吗？"

小动物抬起了头。它眼睛亮晶晶的，有些胆怯地注视着大陆。

"啊！它露出头了！"眼尖的安吉拉发现了它的动作，对它挥了挥手。见到了小动物的脸，先前觉得它是胖狐狸的大陆便发现了区别："不对，不对，它不是狐狸！瞧，它的耳朵比较小，嘴巴也没有狐狸的那么尖，而且它眼睛与脸上有黑色的毛，像戴着黑眼罩，难道它是小浣熊吗？"

保育员叔叔出现在了他们的身后，说："这不是狐狸，也不是浣熊，这是南方貉，就是成语一丘之貉中的'貉'。"

"叔叔，一开始我还以为这是一只胖狐狸呢！"

"貉的体型比狐狸略小，但身子比狐狸更胖乎乎一些。狐狸的眼睛比较细而且是上翘的，貉的眼睛跟我们家里养的狗狗比较像，正像你们看见的一样，它两颊和眼周的毛是黑褐色的，身上的毛是浅黄褐色或棕黄色的。"

"但是它的毛色，好像和您说的并不完全一样呀？"小朋友们望了望北方貉，有些困惑。

"那是因为貉的毛色还会因季节和地区的不同而有所差异。你看，现在天气还比较冷，貉就像我们穿棉服与羽绒衣一样，换上了颜色更深、更蓬松保暖的毛，变成了一个矮胖子，等到夏天你们再来看它时，就会发现它比现在要苗条很多哦！"

"哦，原来是这样啊！"

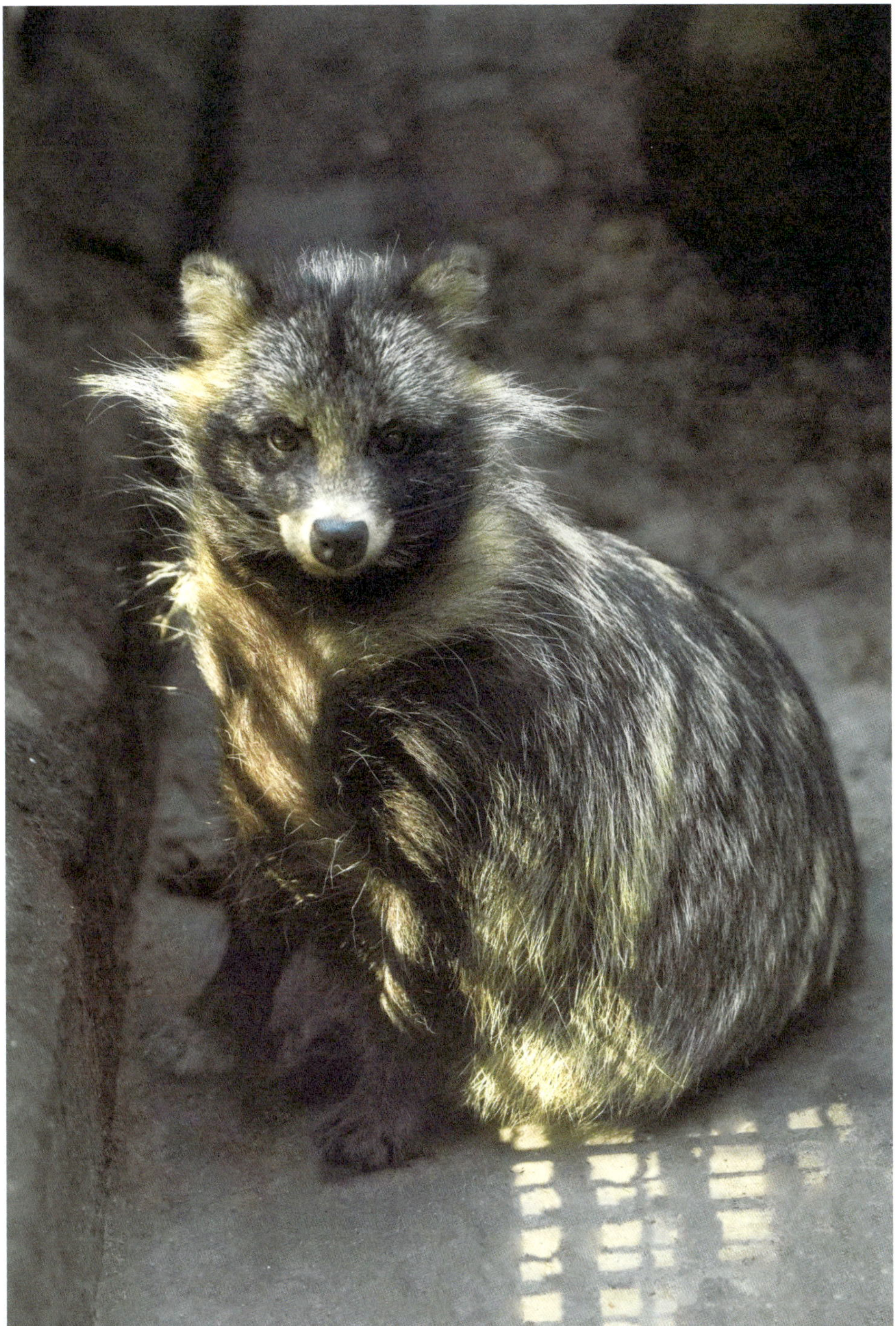

"在古代，'狐'和'狸'是两个词，指的是两种动物，'狐'就是我们现在所说的狐狸，而'狸'就是'貉'的别称。狐和狸都是犬科动物哦，而且都喜欢白天休息，夜间活动。"

"叔叔，我还知道有一种叫豹猫的动物，它和狸有关系吗？"

"豹猫身上长着豹子一样的斑点，外表跟猫差不多，它属于猫科动物哦。它与我国的狸花猫很像，其实跟狸并没有什么关系。"

"狐狸、狸和豹猫。唉，好复杂啊！"大陆抱住脑袋。他们朝着貉东瞧瞧西瞅瞅。哪知道一只貉突然吼叫了起来，眼睛瞪得像铜铃一样大，注视着小朋友们。

"叔叔，这只貉怎么了？"

保育员叔叔说："别怕，这一只是貉妈妈，看谁都觉得像要偷她的宝宝。你们吓着她了。"

大陆和安吉拉仔细一看，果然，三只小貉正躲在妈妈的身下呢。妈妈把它们抱得紧紧的。可是小宝宝们却不停地扭来扭去，想从妈妈的身子下面溜出来。妈妈就把它们抱得更紧了。大陆看了，不由得哈哈大笑起来。这下貉妈妈更生气了，她突然跳了起来，朝着大陆龇牙咧嘴，真的有些可怕哦！

貉妈妈想：这些人真吵闹，唉，我还是把宝宝们带到一个安静的地方去吧。于是她衔起小宝宝，转身从后面的岩壁上跑走了。

"哎呀！貉妈妈怎么能咬她的宝宝呢！"安吉拉有点着急了。

保育员叔叔连忙说："别担心。她这是在给貉宝宝找一个安全的地方呢。"

果然，貉妈妈叼着宝宝爬到高处，就停了下来，把小貉放在离大家很远的地方。她一直守在宝宝身边，一动也不动。真是一个又厉害又温柔的妈妈呀！

扫码收听本故事

动物知识小百科

貂经常被人误认作浣熊，广泛分布于东亚。其实貉是一种非常古老的物种，也是犬科动物中唯一一种在冬季休眠的动物，它在秋冬季节会大量取食，被毛也会更换为厚实蓬松的冬毛。貉面部有黑色毛发，杂食，主要捕食小动物，也食用浆果、谷物等。貉善于攀爬，是极少数有能力爬树的犬科动物，但不擅长挖洞，会利用其他动物的洞穴。貉会组成以家庭群为单位的小群活动，有些种群甚至能适应城市生活，与人为邻。

兔豚鼠

是兔

还是鼠

早上，大陆问安吉拉："安吉拉，今天我们去哪里巡逻啊？"

安吉拉说："我好久没看见小兔子啦，我们去拜访一下他们吧！"

保育员叔叔说："安吉拉，动物园里展示的动物原本都是生活在野外的，叫'野兽'。像兔子啊，猫啊，狗啊，都是家养的，叫'家畜'。我们在动物园是看不到兔子的。"

"哦，原来是这样！"

忽然，福莱惊喜地叫了起来："兔子，兔子！"

眼前的小可爱好像真的是一只兔子啊！三瓣的小嘴，耳朵也有点长。

大陆说："福莱，你仔细看看，这真是兔子吗？"

福莱仔细地观察着眼前的小动物。啊，他们的耳朵虽然小，却是花瓣形状的，让人一眼就喜欢。再看看边上的介绍牌，福莱惊喜地叫了起来："兔豚鼠，兔豚鼠，原来他们是巨型老鼠啊！"

保育员叔叔说："兔豚鼠喜欢干燥的环境。我们来给兔豚鼠打造一个舒适的小花园吧！"于是，他将一大包木屑倒到了小花园里。接下来，兔豚鼠登场了，胖嘟嘟圆滚滚的身体看起来非常的可爱。保育员叔叔找来了一片长长的青草叶子，讨小动物们欢心，果然这一招非常奏效。"咦，什么东西这么香啊？"兔豚鼠们争先恐后地凑了过来，开心地吃起了青草叶子。美食在口，小可爱们大口咀嚼，生怕自己少吃一口。青草叶子越来越短，眼看有两只兔豚鼠的头要碰在一起了，他们还是不停地吃。

"看，两只小家伙终于嘴对嘴亲上了！"大陆笑得直不起腰来。

"太好玩了！太好玩了！"安吉拉拍手笑了起来。

吃饱喝足之后，兔豚鼠们晒着暖暖的太阳，舒服地睡着了。

过了一会儿，回家的时间到了。保育员叔叔就拿了木板来搭在地面上，走过木板小桥，就是兔豚鼠的家门口。兔豚鼠们在妈妈的带领

兔豚鼠是兔还是鼠

出发！去动物园

下走上了木板小桥。小桥很窄，只能逐只过，兔豚鼠们排着整整齐齐的队伍一只只走了上去。

"叔叔，我还想在外面玩一会儿。"有一只小兔豚鼠怎么也不肯回家。保育员叔叔只好随他去。

"哇，好开心啊！"贪玩的小家伙又是跳，又是笑。可是，不一会儿他就不跳也不叫了："唉，没有朋友一起玩，可真没意思！"他只好扫兴地回家了。

太阳落山了，大陆和安吉拉也要回家了。安吉拉依依不舍，一步三回头，她对大陆说："兔豚鼠萌萌的，真可爱！我以后想经常来看他们，做他们的好朋友！"

扫码收听本故事

动物知识小百科

巴塔哥尼亚豚鼠，因耳朵较长，俗称兔豚鼠，分布于南美洲南部的巴塔哥尼亚草原，主要在阿根廷境内。其体态与善于奔跑的有蹄类动物相似，四肢非常长，可以在草原上快速奔跑。主要以短草、树叶等为食，为昼行性动物，常以晒太阳的方式取暖。兔豚鼠拥有灰棕色的外表，但尾部内侧为白色，用以在危险逼近时警示同伴。其善于跳跃，后脚趾有钩形爪。兔豚鼠为一夫一妻制，主要天敌是猫科动物、狐和猛禽。

不一样的梅花鹿

长颈鹿宝宝出生快要满百日了，长颈鹿妈妈满心欢喜，她想好好庆祝一番，于是决定在百日那天，邀请动物园里所有的小朋友一起来家里玩。

她首先找到了住在隔壁的小象福莱。福莱正在用鼻子甩着心爱的小轮胎玩，听到邀请后，福莱兴奋地大叫，还承诺会带新鲜的苹果和最爱的小轮胎来和长颈鹿妹妹分享。

接着，长颈鹿妈妈想到了梅花鹿，梅花鹿的宝宝们和自己的孩子差不多大，应该能玩到一起。

从长颈鹿家到梅花鹿家需要穿过一条长长的隧道。但是对于长颈鹿妈妈来说，隧道有点太矮了，这让它犯了难。

正当长颈鹿妈妈在隧道口犹豫不决的时候，马来熊姐弟突然从隧道里钻了出来。大陆问："长颈鹿阿姨，您在这里做什么？"

"原来是安吉拉和大陆啊！我家孩子的百日马上就要到了，我想邀请动物园里所有的孩子一起来庆祝。现在我打算去梅花鹿家，但这个隧道太矮了，我过不去。"长颈鹿妈妈边说还边扬了扬自己的长脖子。

热心的安吉拉马上说道:"别担心,长颈鹿阿姨,梅花鹿和我们住得很近,我和弟弟可以帮忙传话!一定帮您把梅花鹿邀请到!"

"太好了,你们真是动物园里最热心的小朋友!百日那天你们也一定要来啊,我会准备很多好吃的水果哦!"

"放心吧,我们一定完成任务!"安吉拉拍着胸口保证。

行动力十足的安吉拉和大陆很快告别了长颈鹿妈妈,蹦蹦跳跳地向着梅花鹿家走去。

"梅花鹿小妹妹,梅花鹿小妹妹!在家吗?"一到梅花鹿家门口,大陆就大声喊了起来。

梅花鹿们正三三两两地在树荫下休息。听到喊声,梅花鹿妈妈起

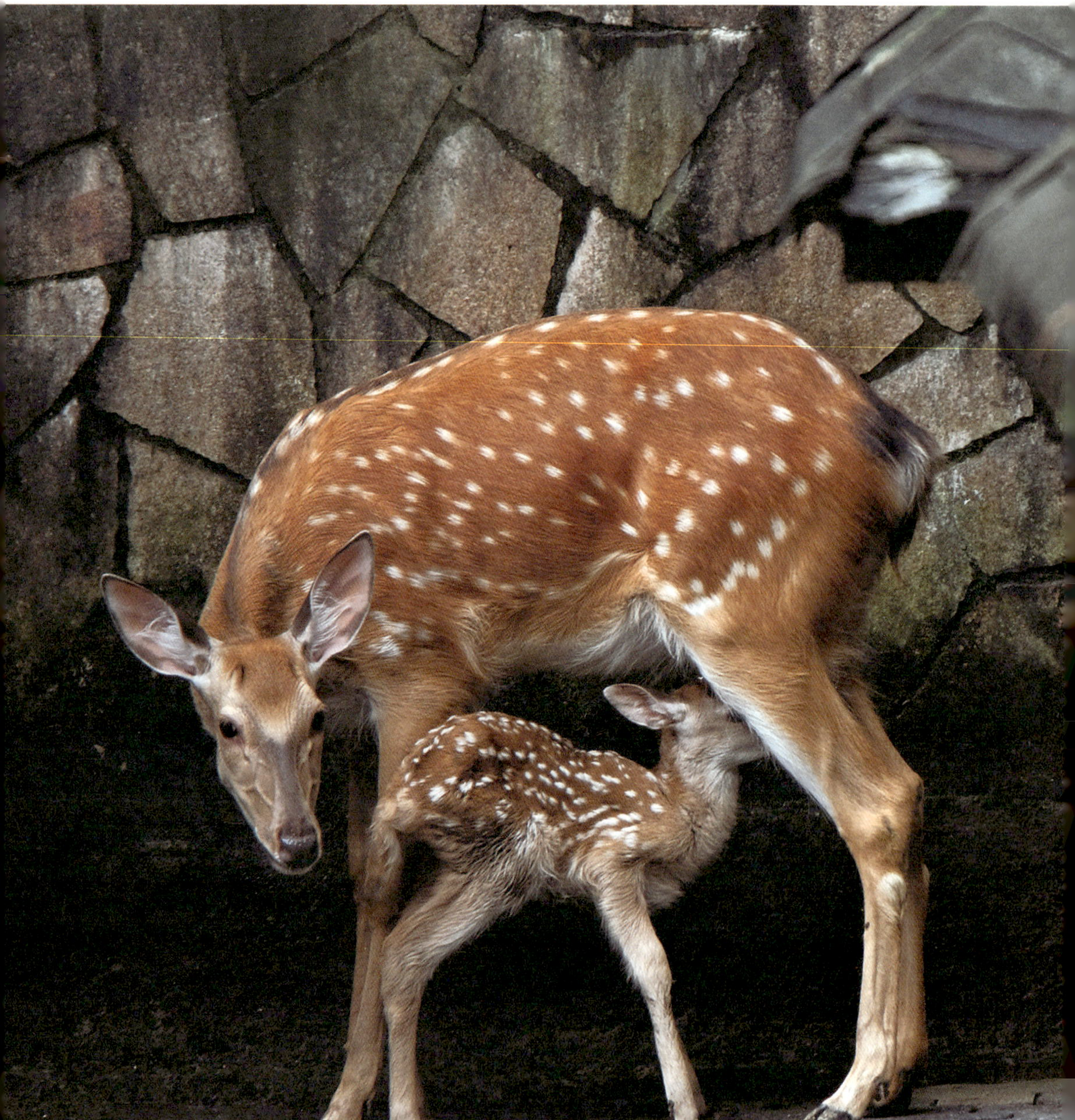

身瞅了一眼，对孩子说："是马来熊安吉拉和大陆，两个小淘气。"

"我们不是小淘气。"安吉拉认真反驳，"我们是来送信的。"

"是呀，是呀！"大陆补充，"我们是帮长颈鹿妈妈来邀请你们去参加长颈鹿妹妹的百日宴会的。长颈鹿妈妈还说会准备很多好吃的水果！"

"那你们是来邀请我们华南梅花鹿呢，还是邀请隔壁的东北梅花鹿呢？"梅花鹿爸爸慢悠悠地踱过来，戏谑地开口。

大陆挠挠头："你们不都是梅花鹿吗？"

安吉拉也有点懵："而且你们长得也差不多啊？"

"没错哦，我们都是梅花鹿，但我们两家的区别可不少。"梅花鹿爸爸抖了抖身上橘红色的皮毛说道，"来，仔细看看！"

大陆跑到围栏边看了一会儿："我发现了！是有点不一样。"

梅花鹿爸爸笑吟吟地看着大陆："说说看！"

"东北梅花鹿个头比较大，而你们的梅花印记更清晰，毛色也更漂亮。"大陆兴奋地说。

梅花鹿爸爸点点头，夸赞道："小朋友眼力不错！所以你们到底要邀请谁呢？"

"当然是都邀请啦！"大陆和安吉拉异口同声地说。

"长颈鹿妈妈说要邀请动物园里的所有小朋友都参加，一个都不能少！"

安吉拉和大陆说完，向华南梅花鹿一家说了再见，手拉着手跑向隔壁的东北梅花鹿家，继续完成送信的任务。

动物知识小百科

华南梅花鹿是梅花鹿的亚种之一，是国家一级重点保护动物。在20世纪30年代以前，其遍布我国长江以南的大多数地区，后由于长期受到捕杀而濒危。目前，华南梅花鹿在我国主要分布于江西、安徽和浙江的少部分地区。我国最大的华南梅花鹿野生种群位于清凉峰国家级自然保护区。

华南梅花鹿的毛色艳丽，夏毛呈红棕色，上面遍布点点白斑，冬毛为深棕色，白斑变得模糊不清，所以夏季是杭州动物园华南梅花鹿颜值最高的时候。

"社恐少年"黑麂

大陆和安吉拉正是活泼爱玩闹的年纪，每天都在动物园里跑来跑去。

这天傍晚，跑在前面的大陆忽然一个急刹车，紧跟在后的安吉拉差点就一头撞上了他的屁股。安吉拉正要生气，大陆瞪圆了充满智慧的小眼睛示意她轻点说话："有个奇怪的家伙。"

安吉拉一听来了兴致，东张西望："在哪儿？"

大陆蹑手蹑脚地爬上一旁的树，安吉拉跟了上去。

果然，他们发现不远处的一棵树下有一只长相非常奇特的小动物，在原地转圈圈。他个头不大，黑黑的，有点像鹿也有点像羊，尾巴不算太长。最显眼的是头上那撮极具个性的鲜棕色的毛，特别有个性的样子。

安吉拉歪着头问："他是谁？他在干吗？"

大陆皱眉："不认识。看起来像是在追自己的尾巴。"

安吉拉惊讶道："为什么要追自己的尾巴？"

大陆摇摇头："我也不知道，我们去问问他吧。"

他们俩迅速溜下树，跑过去问："小朋友，你在做什么呀？"

对方追尾巴追得正投入，没想到天降两只熊，吓得一哆嗦，拔腿就跑。安吉拉和大陆惊呆了，下意识地追了上去。对方跑得更慌不择路，"扑通"一声跳进了水池。没想到他还是个游泳健将，哼哧哼哧一会儿功夫就游到了对岸。

大陆的执拗劲儿上来了，大步流星地追了上去。对方见躲不过，啼哭起来："呜……妈妈！"

"啊？为什么要叫妈妈啊？我们又没欺负你。"大陆傻眼了，这个外表张扬的家伙居然是个胆小鬼。

安吉拉跑过来拍拍胆小鬼的背："别怕，我们就是跟你打个招呼而已。"

胆小鬼抽抽搭搭地抬起头，大陆和安吉拉终于近距离看清了他

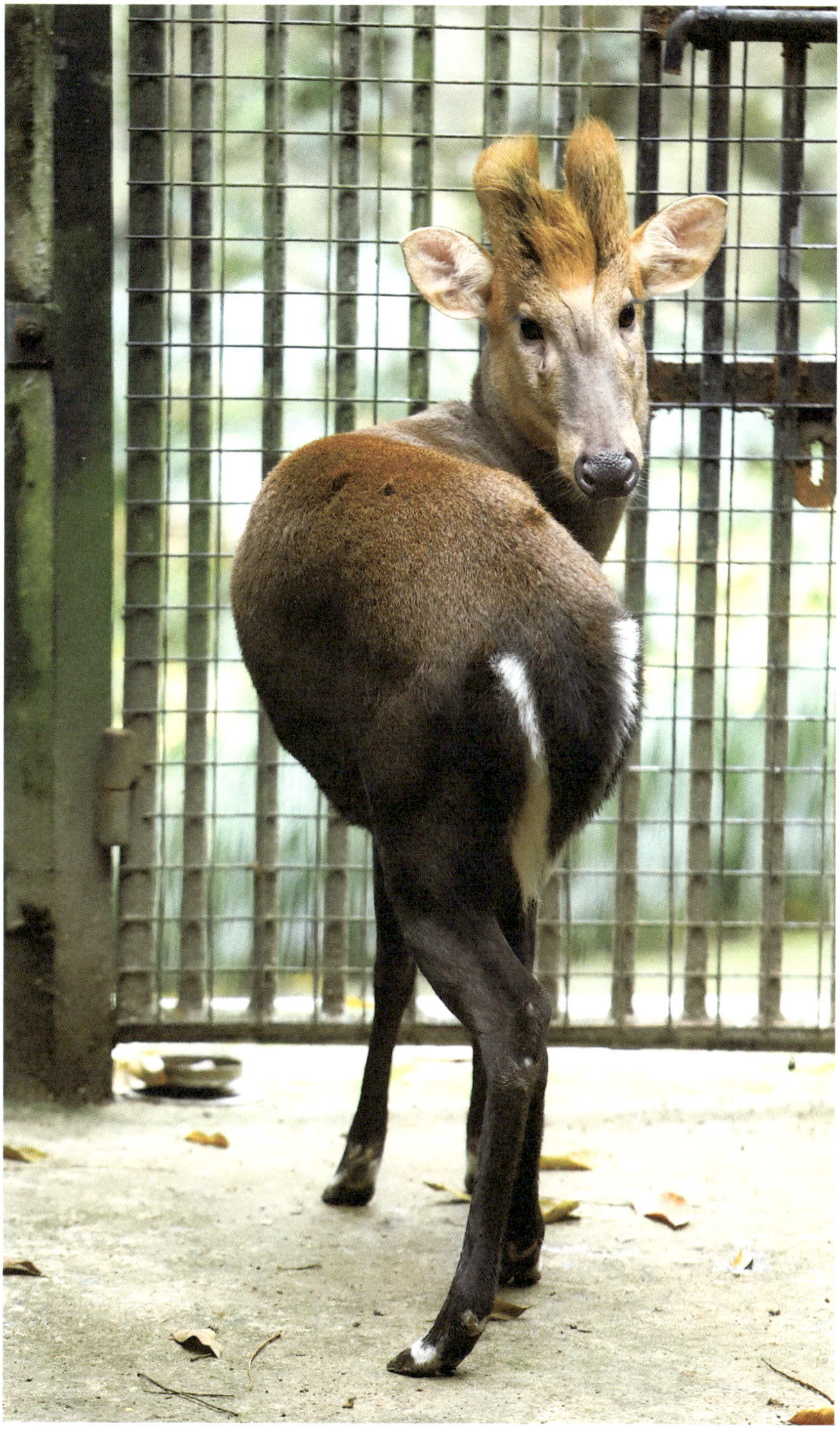

出发！去动物园

的样貌。脸小而尖，头上一对不太起眼的角，两边嘴角各露出一颗小獠牙。

"我，我……"胆小鬼结结巴巴半天，只有一个字。

"慢慢说。你是谁，怎么以前没见过你？"安吉拉问。

"我，我是黑麂。"

"黑麂？世界上最神秘的鹿科动物？"大陆突然想起来，脱口而出，"保育员叔叔跟我说过你，终于见到啦。"

"我胆子小，怕。"黑麂见大陆和安吉拉都没有恶意，说话顺溜了很多。

安吉拉问："那你今天出来做什么呢？"

"妈妈说，我大了。该，该找，找女朋友了。"黑麂终于憋出了完整的一段话。

"你怎么找女朋友啊？"大陆好奇了。

"我们有眶下腺。"黑麂张开了自己眼睛下方的眶下腺羞涩地说，"我们就像这样在草丛和树干上磨蹭，释放眶下腺素，留下自己的信息。"

"征婚启事？！"安吉拉瞪大眼睛。

大陆问："这能成功吗？"

"能。我爸爸就是这样找到我妈妈的。"黑麂微微地笑了。

"这真的很神奇。"安吉拉跳起来。

"嘘，好像有谁来了。"三个小伙伴低下身子观察。

远处，又来了一只黑麂，她好像是循着什么记号过来的。为了不打扰他们，大陆和安吉拉蹑手蹑脚地离开了。

扫码收听本故事

动物知识小百科

　　黑麂是中国特有的动物物种，国家一级重点保护动物，仅分布在安徽南部、浙江西部以及与浙江相邻的福建和江西部分地区。其体色较暗，额头有棕黄色簇状长毛，甚至可以把雄性的两只短角遮得看不到，所以俗称"蓬头麂"。黑麂天性胆小，恐惧感强，大多在晨昏时活动，周围稍有响动就会立刻遁入灌木丛隐藏起来。由于野外偷猎情况严重，2011 年我国的黑麂数量不到 5000 只，经过 10 多年保护，目前种群数量已经有所增加。

我是可爱的的小熊猫

大陆百无聊赖地躺在草地上，小象福莱迈着粗壮的腿走过来，兴奋地说："听说小动物乐园里新的小熊猫生态展区建好了！"

　　大陆一下子跳了起来："太好了，我们一起去看看吧！"

　　小熊猫生态展区里笼罩着一层白雾，隐约中以可看见一架架云梯将树与树连接起来。小熊猫们正在"百米空中走廊"上追逐打闹呢！保育员叔叔说："这里新装了雾森系统，它可以起到除尘、加湿、降温的作用。"话音刚落，只见水从喷头中喷出，瞬间碎裂成无数细小的水珠悬浮在空气中，带来一阵凉意。

　　"哇，小动物们就像生活在真的森林里一样！"大陆感叹道。小熊猫山竹刚满一岁，他全身红褐色，小脸盘圆润饱满。他那乌溜溜的小眼睛一眨一眨地看着大陆他们，说："你们好呀，我叫山竹，是最可爱的小熊猫!"他甩起毛茸茸的大尾巴,尾巴上有许多红褐相间的环纹,漂亮极了!

"这不是大熊猫啊!"小象福莱疑惑地说。

大陆也说:"对呀,大熊猫应该有胖嘟嘟的身体、圆圆的脸颊、大大的黑眼圈、黑白相间的皮毛,走路时腿摇摇摆摆地迈着八字。山竹长得也太奇怪了,不光没有黑眼圈,连皮毛的颜色也和大熊猫不一样啊!"大家失望地离开了。

小山竹很难过。他想:一定是我吃得太少了,才长得这样慢,等我长大了,就能变成大熊猫了。于是,他决定吃很多很多食物,长得胖胖的,长出黑白相间的皮毛,就会变成大家都喜欢的大熊猫了!

保育员叔叔送晚餐来了。小山竹大口大口地吃了起来。保育员叔叔连忙说:"小山竹,慢点,慢点!"

小山竹舔舔嘴唇,小眼睛眨巴眨巴,看着叔叔说:"我还没吃饱,再给我吃点吧!"

"够了,够了,不能再吃了。"

晚上,动物园里静悄悄的。小山竹东瞧瞧,西望望,见没有人,

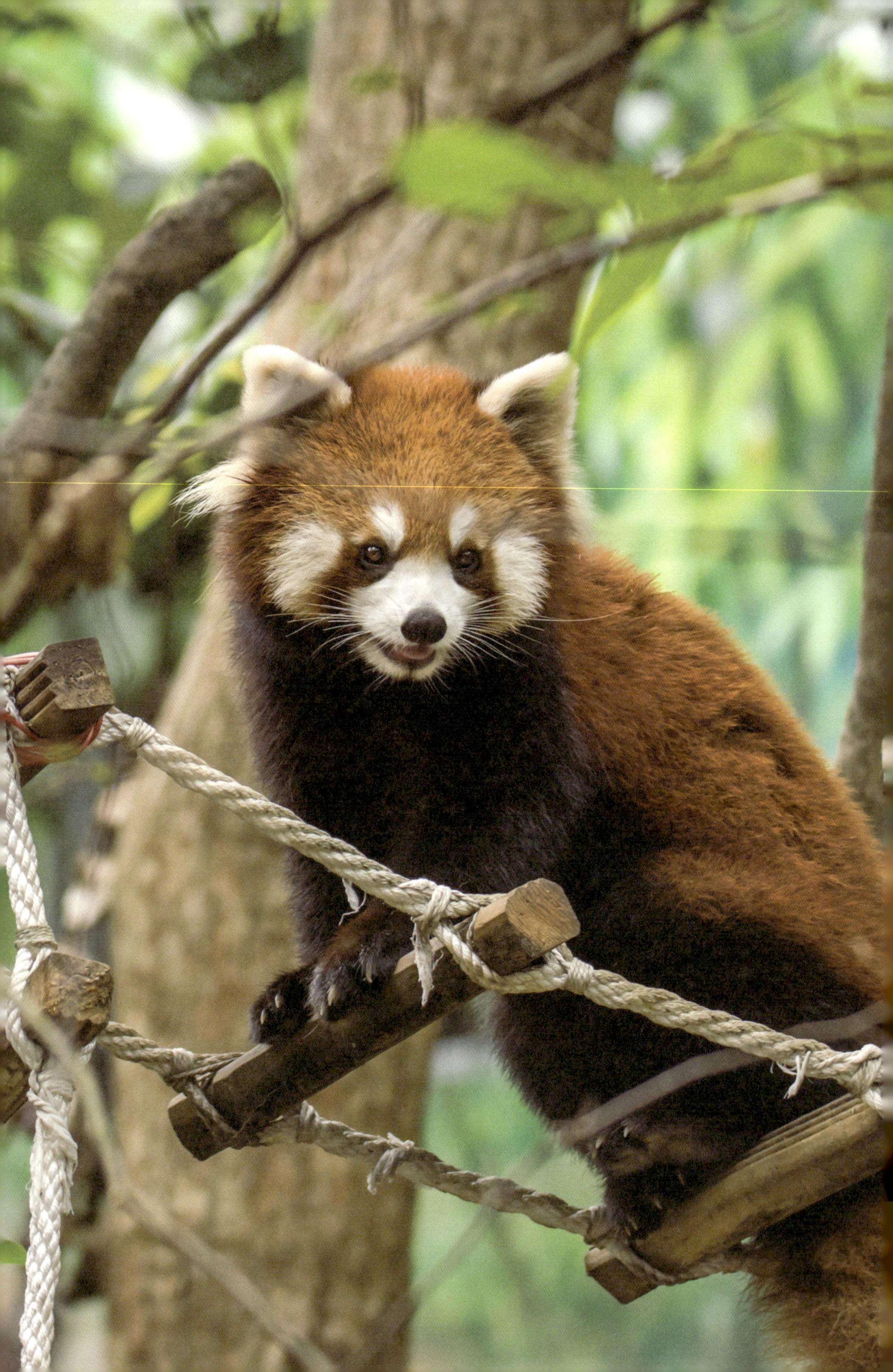

就偷偷地跑到食物间，大口大口地吃了起来。不一会儿，他就感觉一阵肚子疼。他蜷缩着身子，从这里滚到那里，又从那里滚到这里。兽医伯伯来了。他摸摸小山竹的肚子，皱起了眉头："糟糕，小山竹吃太多了，消化不良了！"伯伯喂小山竹吃了药。过了一会儿，小山竹的肚子不疼了。他看看自己的身子，伤心地问妈妈："为什么我吃了那么多，却还是那么小，和大熊猫馆里的大熊猫一点都不像呢？"

"傻孩子，你以为我们是小时候的大熊猫吗？我们小熊猫和大熊猫根本不是一类动物啊！大熊猫可爱，我们小熊猫也很可爱哦！"

"原来是这样！"

第二天，大陆和福莱又来到了小动物乐园。小山竹从云梯上跳下来，骄傲地说："我不是大熊猫的宝宝。我是萌萌的小熊猫，我是机灵的小熊猫，我是会爬树的小熊猫！"

"你是最可爱的小熊猫！"大家都快乐地笑了起来。

扫码收听本故事

动物知识小百科

　　小熊猫又叫红熊猫，被毛红褐色，腹部黑色，脸颊上有白斑，尾长，较粗而蓬松，并有数圈红暗相间的环纹。爪子弯曲而锐利，能伸缩。善于攀爬，往往能爬到高而细的树枝上休息或躲避敌害。小熊猫夏天是很怕热的，动物园会通过空调、风扇、冰块来给它们降温。它们尤其喜欢带有甜味的食物，动物园会给它们提供丰富的水果、红枣，还有特制的熊猫粥、牛奶、笋、竹叶等。在野外，它们也会捕食小鸟和其他小动物。

了不起的的细尾獴家族

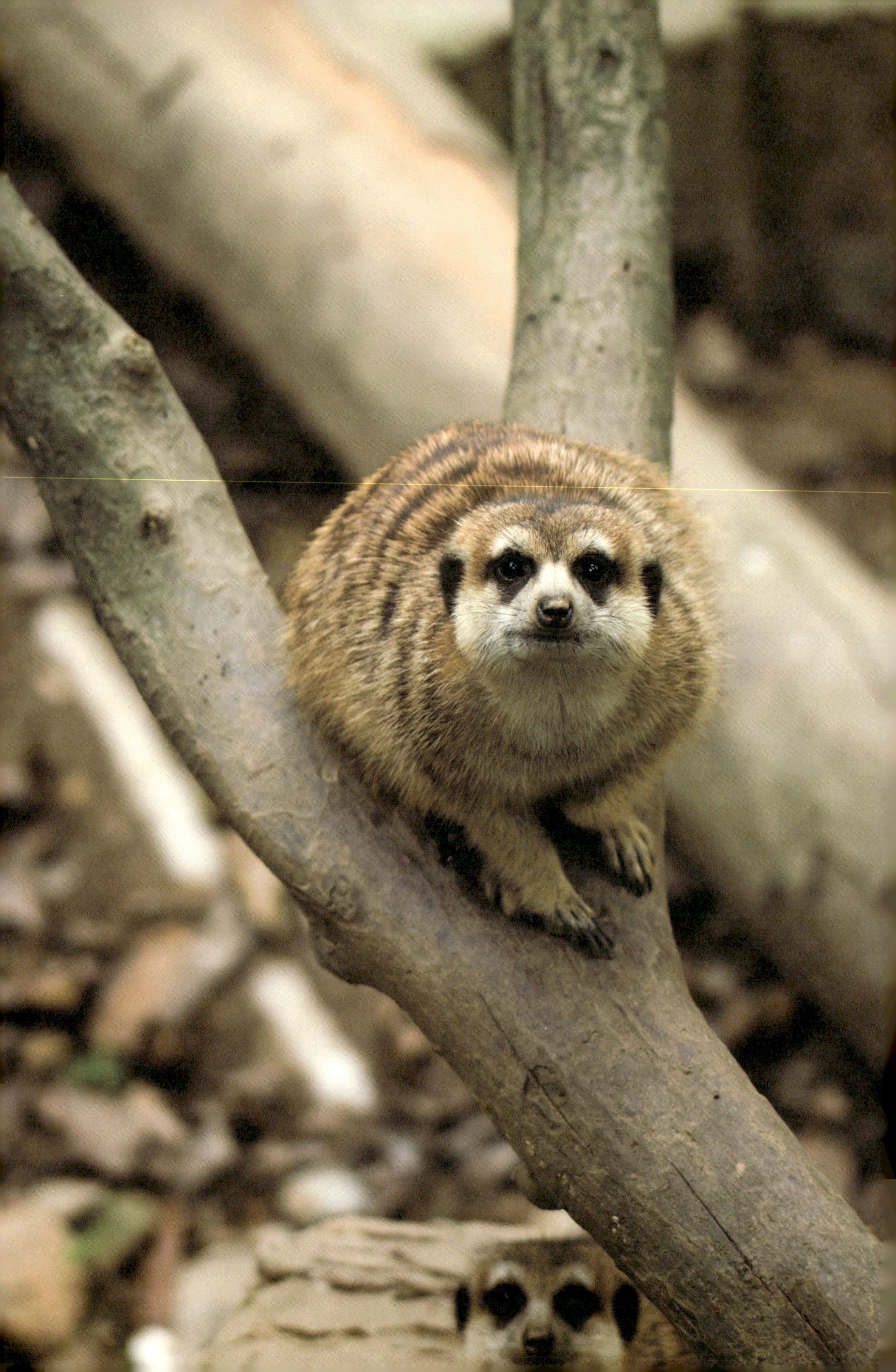

这一天,细尾獴女王生下了6个可爱的宝宝。保姆、工兵、哨兵,都赶来祝贺。女王说:"今天,我们细尾獴家族又多了6个成员。大家要各司其职,照顾好他们。"

"遵命,女王!我们一定会团结一心完成任务的!"大家纷纷拍着胸脯保证。

细尾獴宝宝们慢慢长大了。这一天,保姆带着他们外出觅食,她找来蚯蚓、蟋蟀,耐心地喂小细尾獴。忽然,半空中传来一阵"呜哇汪——呜哇汪——"的声音,这是高高的瞭望台上的哨兵发出的刺耳的警报声!大家连忙抬起头来,只见一只可怕的老鹰在天空中盘旋。保姆迅速抱起小细尾獴们朝洞口奔去,可是洞口窄小,一只小细尾獴被落在外面。老鹰看见了,朝着他俯冲下来。小细尾獴被老鹰牢牢地按在地上,拼命地挣扎。哨兵奋不顾身地冲向老鹰。别的细尾獴安置好宝宝们,也跑出洞来。他们嚎叫着,嘶吼着,一个接着一个地扑向

敌人。他们弓起后背、四肢发力,高高跃起扑向老鹰。老鹰在细尾獴连续不断的攻击下,不得不放弃到手的猎物,飞走了。

女王惊魂未定,她抱着小细尾獴问:"孩子为什么会被挤到洞外呢?工兵们,你们去好好地检查检查地下工程吧。"

工兵们仔细地检查了地下工程,回来对女王说:"报告女王,我们新添了6个宝宝,原来的3个洞口已经不够多,也不够大了。"

"看来我们要改建地下工程了。"女王说。于是,工兵们又挖了3个洞,修了3条道路。这些道路弯弯曲曲,纵横交错,可以从一条路跑到另一条路上去。

到了晚上,大家都睡着了。一条大蟒蛇却在这时候出动了。他东闻闻西嗅嗅,忽然发现了什么。

"这儿有一个洞口!呦,那儿也有一个洞口。哇,还有一个洞口!我找到细尾獴的洞了!可以饱餐一顿了!"大蟒蛇发出"嘶嘶"

声，吐着红红的信子，找了一个大洞钻了进去。

没想到，这声音被警惕的细尾獴保姆听见了。保姆连忙叫醒细尾獴宝宝们："快醒醒，有危险！"

出发！去动物园

宝宝们揉揉眼睛,跟着保姆往前跑。他们跑到了另一条路上。这条路前面宽,后面窄。细尾獴们一个一个地从最细的地方穿了过去,躲到了另一个房间里。

大蟒蛇听到声音,转过头来朝着那条路爬去。他爬得飞快,忽然,他大叫一声:"哎哟!"原来,他被卡在路中间了!大蟒蛇的头穿过了窄窄的路口,肚子却过不去了。他拼命地收腹再收腹,好不容易挣脱,也不敢再追下去,只好灰溜溜地游走了。

大家看到大蟒蛇跑了,开心得蹦蹦跳跳。

女王开了庆功会,她给每个细尾獴都佩戴上了金光闪闪的奖章,说:"感谢大家用勤劳和智慧保护了宝宝们!我们细尾獴真是一个团结的大家庭,了不起的大家庭!"

动物知识小百科

　　细尾獴生活在非洲南部的沙漠及荒漠化地带，有一条细长的尾巴，长度与身体相当，眼睛周围有一圈黑斑，像戴着一副太阳镜。一般会有3—30只成员组成群体，成员之间会互相关心与合作，会有一只细尾獴担任哨兵角色，为大家庭站岗放哨。它们白天活动，会用后肢站立起来观察四周，夜晚蜷缩在洞穴里互相取暖。它们擅长挖洞，拥有庞大复杂的地下迷宫用于休息与产崽，喜欢吃昆虫。

贪吃的水獭先生

有一天,水獭太太对水獭先生说:"孩子他爸,你的宝宝肚子饿了,快去捉一些泥鳅来给他吃吧。"

"遵命,夫人!" 圆头圆脑、皮毛光滑的水獭先生一个猛子扎进水里,就不见了。一分钟过去了,两分钟过去了,三分钟过去了……就是不见水獭先生出来。

"水獭先生是不是淹死了呢?我们快去救水獭!"这一幕被正在探险的大陆和安吉拉看见了,他们可着急了。

忽然,水獭先生的头在远处露了出来。他嘴里正叼着一条活蹦乱跳的泥鳅呢!他游到岸边,把泥鳅放下,一转身又跃入了水里。

安吉拉奇怪地问保育员叔叔:"叔叔,为什么水獭游得这么快又这么灵活呢?"

"水獭的五指间有像船桨一样不完全的蹼。它能够让水獭在水里游得飞快。你们看,水獭的尾巴看上去是不是有些扁平呢?这便于他在水里灵活地转动方向呢!"

一转眼，水獭先生已经捕到了一大堆活蹦乱跳的泥鳅。"啊，今天的泥鳅可真新鲜，让我先尝一条吧！真好吃，真好吃。再吃一条吧。"一转眼，他把泥鳅全吃完了。

"孩子他爸，泥鳅呢？"

"瞧，都在我的肚子里呢。"水獭先生摸着圆鼓鼓的肚子朝着水獭太太笑。水獭太太生气极了。

"我……我……我看到泥鳅好吃，就忘了干正事儿。你就原谅我吧！"水獭先生伸出嘴帮太太清理皮毛，还用小爪子帮她挠痒痒。

"哎呦，哎呦，痒死我了！下次你可别再贪吃了。"水獭太太无奈地说。

第二天，水獭先生一早就起来了："女王大人，今天我要改正错误，捉很多很多泥鳅给你和宝宝吃。"他"扑通"一声，跃入水中。很快，他嘴里叼着一条泥鳅，爪子捉着一条泥鳅，露出了水面。"我扑，我甩，我嚼，嚼，嚼！"他又把泥鳅全吃完了。

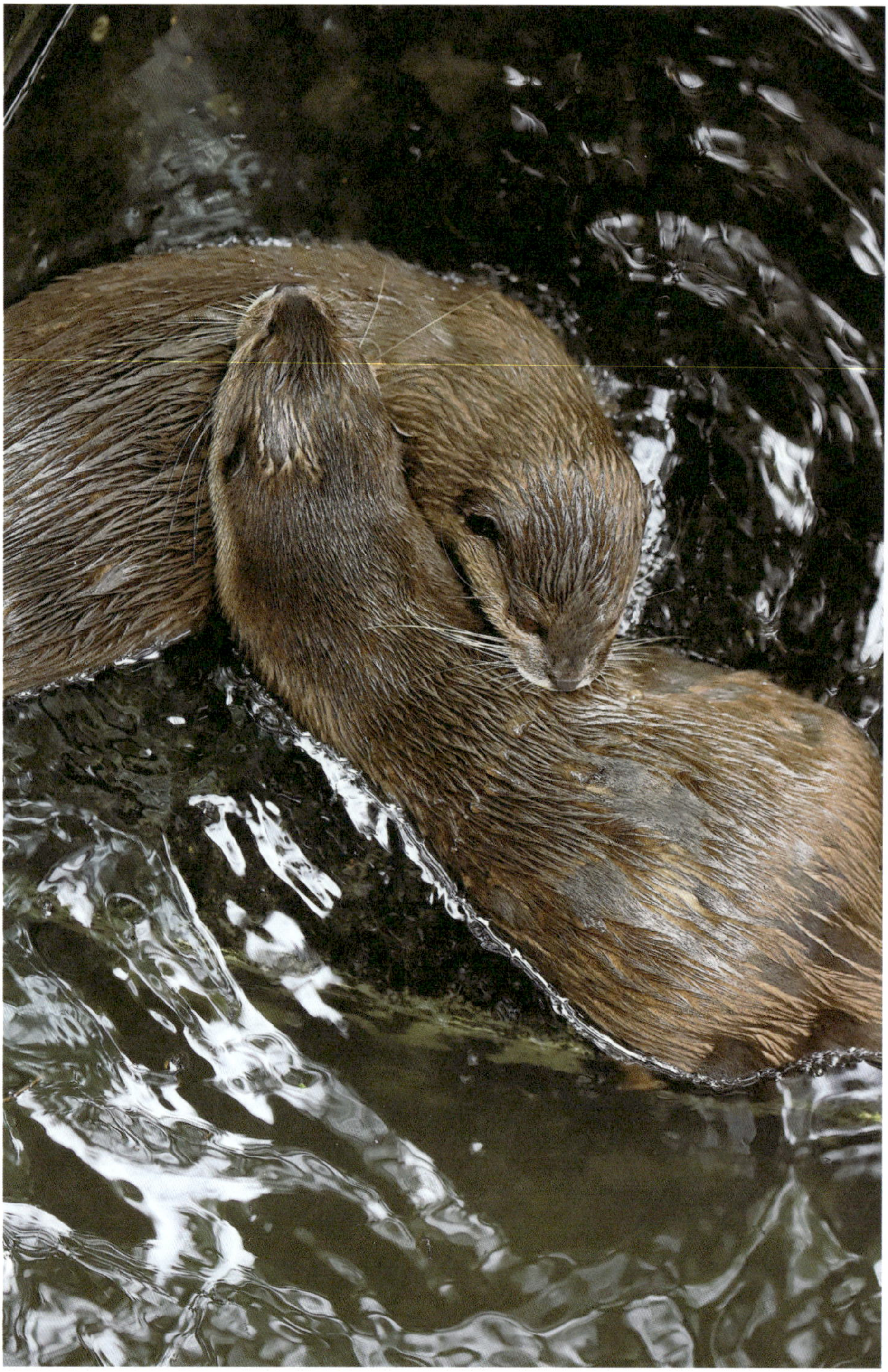

"孩子他爸，你可真自私啊！"

"你怎么能说我自私呢？我最多也只是贪吃了点嘛！"

水獭太太一脚把水獭先生踹进了水里，自己也紧跟着跃进了水里。他们两个你撞我的头，我拉你的尾，翻啊，滚啊，打得好凶啊！

"别打了，别打了！"大陆想往水里跳，可是他又后退了几步停了下来，"安吉拉，你说这水深不深啊？"

"大陆，你别跳了。水獭夫妇是一对好夫妻，不会出事儿的！"

果然，打完架，水獭太太游到了岸上。水獭先生像跟屁虫一样，"哧溜"一下也跃到了岸上："孩子他妈，你千万别生气，都是我不好，我会立马重视，立即改正！"

水獭太太找来一块木牌，在上面写了几个字："好东西得分享。"然后把木牌立在水边。水獭先生又回到水里捉泥鳅。捉到泥鳅，他正要往嘴里送，一抬头，看到木牌上的字，挠挠头说："哎呀，我差点又要犯错误了。"他把泥鳅一条一条地送到了太太的嘴边："请女王大人品尝！"

"嗯，泥鳅真好吃！来，一起来吃泥鳅吧！"

水獭先生张开嘴，风卷残云地就把泥鳅全吃完了！站在岸上的大陆看得口水都流下来了，他对水獭先生说："好东西得分享，我们怎么就没份儿呢！"

"哎，我怎么又忘了呢？"水獭先生说，"明天我一定捕好多好吃的，给大家分享！"

扫码收听本故事

动物知识小百科

　　亚洲小爪水獭属于食肉目鼬科，是水獭中体型最小的，不算尾巴，体长只有 45—60 厘米。它们多生活在有较多大石头的山溪及河湖中，擅长游泳，爪子十分灵活，主要捕食鱼类，也吃软体动物、甲壳动物、蛙类和水禽等。在水中，它们可以关闭耳孔瓣膜和鼻孔，潜水 6—8 分钟。亚洲小爪水獭群体一般由一对水獭夫妇和它们的孩子组成。亚洲小爪水獭野外数量稀少，现已成为水域水质的指示动物。

住"别墅"的大熊猫

一大早，大陆就来喊安吉拉："听说大熊猫馆住进了新伙伴，我们去看看吧！"

"好呀！这就走吧！"安吉拉也早就听说了这个消息，两只马来熊手拉手欢快地向熊猫馆跑去。

"大熊猫的家可真漂亮呀！"一进到大熊猫馆，它们就被大熊猫馆漂亮的布置吸引住了，弯弯的拱桥、大大的栖爬架，还有小饭桌呢。

"大陆，我怎么感觉熊猫馆有点冷啊？"安吉拉搓搓自己的手臂。

"我们给大熊猫装了中央空调，这里的温度跟外面比起来，要低很多。"正在一旁观察大熊猫的保育员听见了，向他们解释道，"因为大熊猫生活的天然环境主要是海拔 2600—3500 米的高山深谷，所以喜欢温凉湿润的气候，也就是说它们怕热不怕冷，现在是夏天，熊

猫馆的温度要维持在26℃上下,温度太高他们就要中暑啦。"

"原来是这样!我和安吉拉的老家在热带和亚热带,我们比大熊猫怕冷呢!"大陆拉着安吉拉的手说。

"除了空调,大熊猫馆还配备了高效的新风系统,能够持续引入新鲜空气,保持馆内空气流通和清新。"保育员叔叔说。

正说着,一只耳朵炸毛的大熊猫从拱桥上爬了下来,屁股一扭一扭地走到了一张摆满了新鲜竹笋的小饭桌前坐了下来。原来是春生睡醒了,起床开饭呢。

另一只圆头圆脑的大熊猫则坐在外场,边吃竹子边东张西望。突然,她放下手中的竹子,把手伸向了头顶上挂着的半只大南瓜。

"你就是爱吃南瓜的香果吧?实在太可爱啦!我好想摸摸你的圆脸蛋!"安吉拉情不自禁地说。

忽然,外场喷起了水雾,安吉拉晃着大陆的手臂叫道:"大陆,你快看,这就是雾森!"

雾森就像一位隐形的魔法师，用细腻的水雾织就了一层轻柔的薄纱，把炎热的空气变得如同清晨的湖面一般清凉，就像在夏日中一场温柔的细雨。细小而晶莹的水雾仿佛是大自然的手，轻轻抚摸着香果。香果舒服地抖了抖脑袋。

"大熊猫生活得可真舒适啊！"安吉拉还发现了专门为大熊猫设计的滑梯与小秋千。

"看到秋千旁边那个看上去旧旧的小麻袋了吗？里面其实放着小木屑，充满了天然的香味，大熊猫特别喜欢。"保育员叔叔说着，看了看表，"加餐时间到啦，我要去给大熊猫准备竹叶和竹竿了。"

一根根圆形竹竿，被保育员用力地打裂，又精心地掰扯成一条一条。接着保育员把竹子和竹叶插在架子上、假山石边，内展厅一下子就变成美丽的竹林了！

"哇！好漂亮！美食也好精致啊！"大陆眼前一亮。

"是呀！我们大熊猫馆的历任'馆主'都很喜欢这里哦！"园长伯伯来走了过来，"这里还曾经发生过一个惊心动魄的故事呢。"

"您可以给我们讲讲吗？"安吉拉好奇地问。

"我们的上一任大熊猫馆馆主叫成就，他活泼好动，胃口也比较好。有一天，他竹子吃多了，趴在架子上不愿起来，我们发现异常之后，就给它做检查，没想到他肚子里的食物不消化，又没办法排出，只好做手术啦。手术成功以后，我们的保育员24小时陪护着他，整整花了100多天，终于把他从病危状态救了回来，现在他已经健健康康地回四川老家啦！"

"天呐！做手术得多疼啊，保育员要陪护成就也好辛苦。"安吉拉听了成就的故事，心都揪了起来。

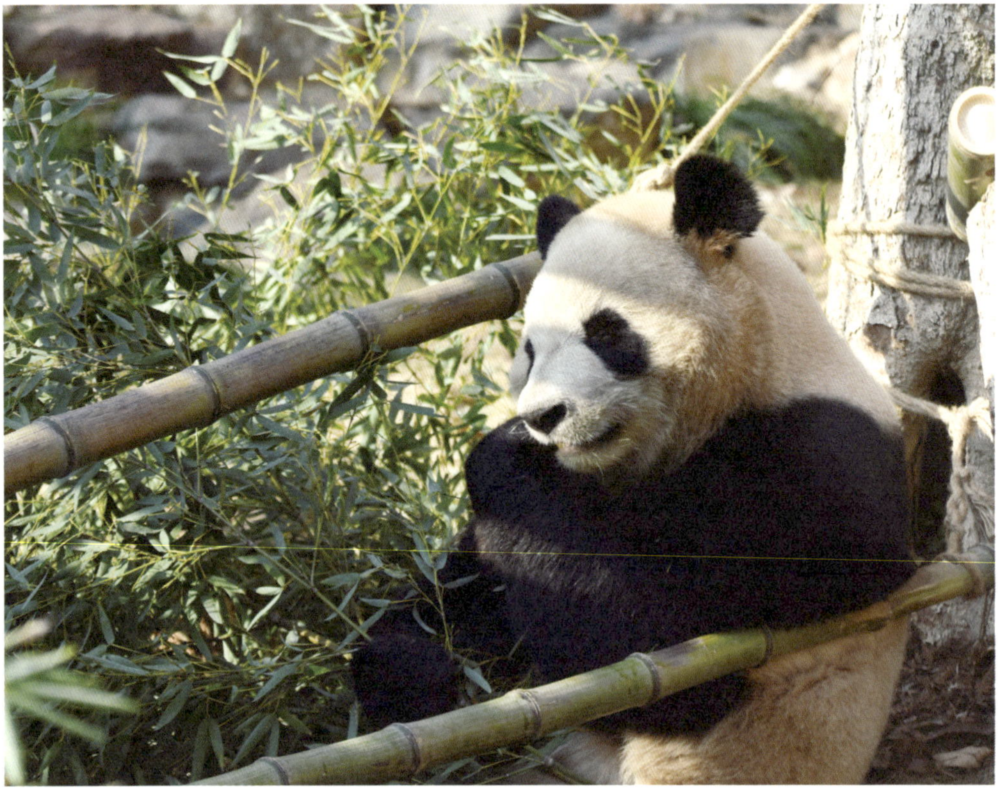

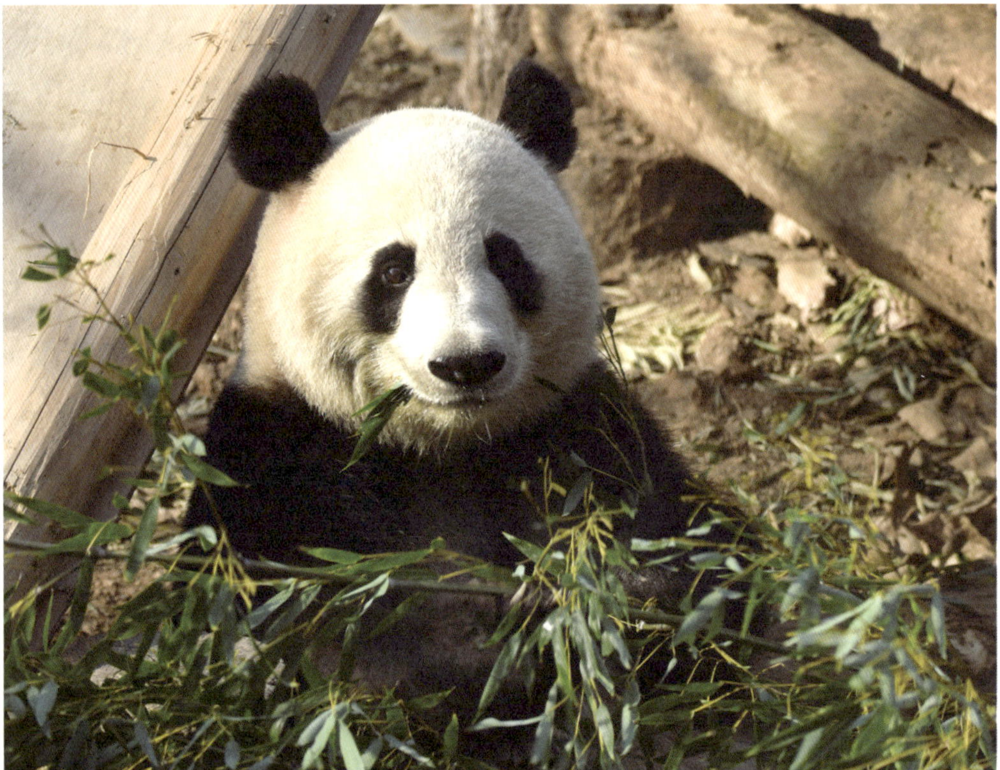

"是啊，这台手术当时可是造成了不小的轰动呢。"园长伯伯说，"还有培培，是大熊猫馆的第一位'馆主'，也是我们杭州动物园自己饲养的第一只大熊猫，当时虽然没有现在这样的场馆条件，但是饲养员照顾她非常细致，常常翻山越岭给她找喜欢的竹子，给她做体检，晚上还要值班监护她的动态。培培一直活到33岁的高龄，相当于我们人类的一百多岁，是当时最长寿的大熊猫！"

"哇！我们杭州动物园照顾大熊猫真是好用心呀！"安吉拉感叹道。

"对了！春生和香果马上要五岁了，大熊猫馆要为他们举办隆重的生日会，欢迎你们来参加！"

"伯伯，我们一定会来的！"

"我们不见不散哦！"

动物知识小百科

大熊猫是中国特有物种，主要生活在中国四川、陕西和甘肃山区的竹林中，属于食肉目熊科动物，它们的臼齿非常发达，是食肉目动物中最强大的。前掌上除了五个并生的带爪的趾外，还有一个由腕部籽骨特化而成的"第六指"，起着"大拇指"的作用，可以与其他五指配合握住竹子。大熊猫的视力较差，主要靠气味标记传递信息，当距离足够接近时，也会通过声音交流。它们喜欢独居生活，当发情期来临时，会通过气味标记寻找异性。

长臂猿家的"虎妈"和"猫爸"

动物园里生活着幸福的长臂猿一家。妈妈叫元二，爸爸叫大子，儿子叫旺旺。他们有着天生的好嗓子，唱起歌来可好听了！ 有一天，灵长类动物要举行唱歌比赛，妈妈给旺旺报了名。

她说："旺旺，你可一定要努力学习唱歌，争取得第一名，长大以后做歌唱家啊！"

于是，妈妈每天教旺旺唱歌。早上五点半，妈妈就喊旺旺起床了。旺旺伸了个懒腰，说："妈妈，睡不够我会变丑的！"

妈妈说："你不会变丑，赶快起床！"

旺旺只得起来，跟着妈妈学唱歌。

到了中午，阳光暖暖地照着。旺旺觉得很舒服，不知不觉睡着了。妈妈拍拍他的小屁股说："秋高气爽，正好唱歌！"

于是，旺旺的午觉也泡汤了。

晚饭吃完，旺旺想玩一会儿。

妈妈说:"别贪玩,赶快练声,9点睡觉!"

"妈妈,我的喉咙都要哑了!"

"再坚持一下,你离成功已经不远了!"

爸爸终于忍不住了,说:"孩子得不得第一名,有什么要紧?不要给他这么大的压力。"

妈妈瞪了他一眼,说:"我们旺旺天生的好嗓子,以后不做歌唱家怎么行?教育的事得听我的!"

"听你的,听你的!你是教育家嘛!"

"好吧。"旺旺只得不情愿地去学唱歌。

妈妈不仅叫旺旺学唱歌,还叫他学攀爬。

"妈妈,我能歇一会儿吗?"旺旺说。

妈妈说:"你看,人家黑猩猩的宝宝长得又高又大,你长得又瘦又小的!你可得加油了!"

"我们长臂猿本来就比黑猩猩小啊!"爸爸插嘴说。

妈妈又瞪了他一眼，说："那也得锻炼！"

"对对对！妈妈说的都是对的！"爸爸连连点头。

小朋友看到长臂猿，不自觉地吟起诗来："两岸猿声啼不住，轻舟已过万重山！"

妈妈又对爸爸说："许多古诗都是写长臂猿的。我们得教孩子学习古诗，那是传统文化啊！"

"啊？"爸爸瞪大了眼睛。可是他看见元二严肃的样子，赶紧溜了。

于是，每天下午旺旺又得背古诗。

"秋浦猿夜愁，黄山堪白头。"

"猿声催白发，长短尽成丝。"

他也不知道这些话是啥意思，只能说："我好难啊！"他想：妈妈是不是不爱我呢？

不久，妈妈给旺旺生了一个小弟弟。妈妈整天把弟弟抱在怀里，一会儿亲亲他，一会儿又抚摸他毛茸茸的身体，连攀爬时都不放下他。旺旺在一边都看呆了。他想：妈妈是真的不爱我了！想着想着他就哭了。

妈妈看见了，说："宝贝，你为什么哭呢？"

"妈妈，你爱小弟弟，不爱我了！"

"怎么会呢？妈妈可喜欢你了。"妈妈说。

"我也想你抱抱我，亲亲我啊！"

妈妈听了，笑着说："小傻瓜，你已经是小伙子了。妈妈可不能再抱你亲你了！"

"可是妈妈，你能给我一些自由吗？我每天都要唱歌、锻炼、学古诗，我也会累的呀！"

妈妈看着他流泪的眼睛，想：我是不是对他的要求太高了呢？她摸摸旺旺的背说："你和弟弟都是妈妈最亲爱的宝贝啊！对不起，妈妈真得改一改了！"

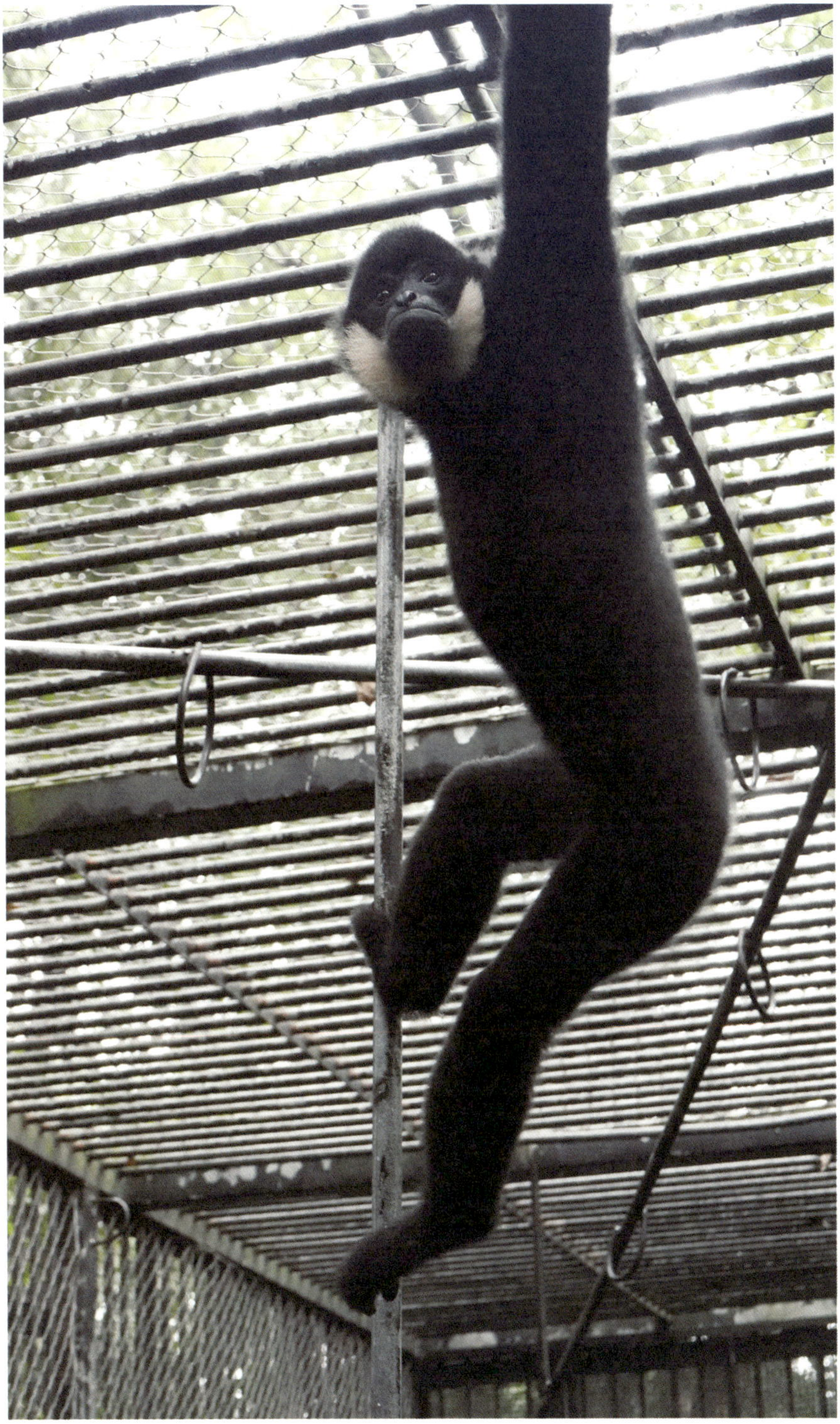

旺旺听了，激动极了。他一得意就忘形，在妈妈脸上亲了一口。妈妈被吓了一大跳："哎，你忘了自己已经是小伙子了吗！"

旺旺心满意足地去唱歌了。

爸爸看见了，偷偷地去拉他的后腿："小子，来跟爸爸玩一会儿吧！"

"这……妈妈看见了不好吧？"

"你妈妈在管你弟弟，爸爸给你减减压！"爸爸的手一使劲，旺旺就滚到爸爸怀里了。他们翻啊，滚啊，就像一对亲兄弟！

小朋友们看见了，咯咯地笑了。有的说："这就是'虎妈'和'猫爸'啊！"

有的说："我们家也是这样的！"

老师看到了，说："长臂猿是与人类亲缘关系最近的动物之一，他们像人一样，也有自己的感情！可是长臂猿是非常珍稀的动物。目前在中国的6种长臂猿中，有4种在野外濒于灭绝，数量最多的种也

不到 1300 只了，比大熊猫还少！"

"那可怎么办呢？"小朋友们可着急了！

"不用怕，动物园的工作人员已经在想方设法帮助长臂猿繁殖了！我们的一只长臂猿姑娘已经嫁到海南，希望不久后可以诞育一只可爱的长臂猿宝宝！"

"太好了！"小朋友们欢呼起来。

动物知识小百科

长臂猿不是猴子,它们与黑猩猩、猩猩和大猩猩同属于类人猿。它们多生活在东南亚热带和亚热带雨林里,是唯一分布于我国的类人猿,已明确在我国有分布的有3属6种。成年长臂猿臂展可达1.5米,它们喜欢在高高的树冠层交替双臂荡行,常常一荡就是10余米,这种行动方式十分省力,速度快,也很优雅。在所有的类人猿当中,长臂猿的婚配制度和人类最相似,通常情况下,长臂猿是一夫一妻制,一般每胎生育一个宝宝,有时也会生双胞胎。

猴宝宝的妈妈在哪里

动物园出生了几只可爱的猴宝宝。有白臀长尾猴的宝宝、黑白疣猴的宝宝，还有金丝猴的宝宝。

猴宝宝们慢慢长大了，要离开爸爸妈妈去幼儿园了。9月1日，幼儿园开学了。一大早，刚做老师的黑猩猩明明就在门口迎接小朋友们了。猴宝宝们第一次离开爸爸妈妈，都有些害怕。有的牵着妈妈的手就是不肯放，有的抱着爸爸的腿哇哇地哭。老师只得抱着他们，哄着他们。过了一会儿，小朋友们互相认识了，就在一起玩，慢慢地就忘记了难过。明明老师总算能够坐下来休息一会儿了。可是有一只长着金色毛发的小猴子却不和小朋友玩。他缩在角落里，呜呜地叫着："妈妈，你快来呀，快抱我回家呀。"

到了中午，小朋友们都吃午饭了，可这只小猴子就是不肯吃饭。明明老师看到这一切，很着急，心想：这只小猴子浑身长着金色的毛，他一定是金丝猴宝宝吧！我还是叫他的家长早点来接他吧。

于是明明老师就给金丝猴妈妈打电话。金丝猴妈妈匆匆忙忙地赶来了。她朝教室里望了望,看见自己的宝宝安静和平静正在一起开心地攀爬玩耍呢。她很疑惑,说:"老师,我的宝宝好乖啊!你怎么说在哭闹呢?"

明明老师抱起长着金色毛发的小猴子,说:"金丝猴妈妈,我没骗你,你的宝宝真的已经哭了半天了!"说着就把手里的小猴子往金丝猴妈妈的怀里送。

金丝猴妈妈说:"错了错了,这可不是我的孩子。"

"怎么会不是您的孩子呢?你们金丝猴不是都浑身长着金色的毛吗?"

这时,经验丰富的幼儿园园长大猩猩走了过来,他笑着对明明老师说:"你弄错了。这是黑叶猴的宝宝呀。黑叶猴小时候长着一身漂亮的金色毛发,很像金丝猴。等小黑叶猴长大,毛发就渐渐变黑

了。"

"哎呀,原来是这样啊。"明明老师挠挠头皮说,"金丝猴妈妈,对不起。我刚做老师,没有经验,不知道黑叶猴小的时候是长着金色毛发的。"

"哎!"金丝猴妈妈叹了口气,走了。

明明老师又给黑叶猴妈妈打电话。不一会儿,黑叶猴妈妈就来了。这位妈妈全身乌黑油亮,长着又长又密的毛发。头顶的毛发高高竖起,还有漂亮的白胡子。

明明老师看见了,心想:咦,真奇怪,一个白胡子老爷爷怎么会站在教室门口呢?

她走上前去说:"老爷爷,您来幼儿园干什么呢?"

黑叶猴妈妈说:"老师,我是女的,你怎么叫我爷爷呢?"

"因为你长着白胡子呀。"

"你仔细看看,我长胡子了吗?"

明明老师凑上前去仔细观察。原来这位妈妈脸上有两撮白毛从耳朵一直延伸到嘴角,看起来和胡子一样。这可不是真的白胡子呀!

"哎呀,对不起,我看错了!"

"老师,是您刚刚给我打电话让我来接宝宝的吗?"

"啊，黑叶猴是您的宝宝吗？他浑身金黄色，跟您一点也不像呀！"

浑身金黄色的小黑叶猴看到妈妈来了，就扑到妈妈的怀里。

大猩猩园长对明明老师说："半年以后，你就会看到小黑叶猴变为黑色了。"

"我太笨了，连谁是谁的宝宝都分不清。"

"这不怪你，很多动物小时候都跟爸爸妈妈长得不一样，比如白臀长尾猴头顶像戴着博士帽，可是他的宝宝头顶的博士帽还没有长出来。"

园长又指着一只小白猴子说："你是不是觉得小黑白疣猴有点怪呢？可是他的妈妈却体态轻盈，四肢修长，身体的两侧是白的，好像穿着一件白色的斗篷，美丽飘逸的尾巴比身体还长呢。"

"原来好多猴宝宝跟爸爸妈妈长得不一样啊！"

"对呀，做老师可是一门大学问！连如何认识学生都需要认真学呢！"

"哎，做老师可真难啊！"

"只要你勤学好问，一定能成为一个好老师的！"

动物知识小百科

　　黑叶猴毛色乌黑，广西地区习惯称之为"乌猿"。主要生活在林间峭壁和裸露的岩壁上，性情机敏、善于攀缘和跳跃，常以较固定的天然岩洞为居所，以树叶为主食。黑叶猴一身乌黑，唯独嘴角至耳基部长有白色的颊毛，形状似两撇胡须。黑叶猴是会变色的，刚出生时黑叶猴宝宝全身金黄色，满月以后身体颜色开始慢慢变黑，头部依然是金黄色的，至成年全身变成黑色。黑叶猴曾因森林被过度砍伐一度濒临灭绝，后因建立自然保护区，种群数量有所恢复。

森林幼儿园

海豹是个"大懒虫"

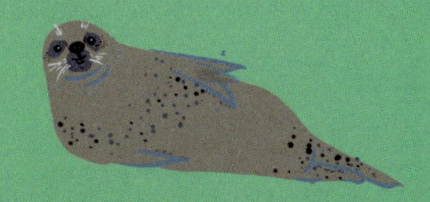

安吉拉最近总是懒懒的。大陆有点着急，他想：我得带安吉拉去找个可爱的朋友，她也许会开心起来。找谁呢？他拍拍脑袋，有了好主意。

"安吉拉，有一种动物，他们有着柔软的身体、呆萌的大眼睛，还擅长花样游泳。你知道是什么动物吗？"

"他们不就是圆滚滚、懒洋洋的海豹吗？"

"没错！我们去拜访海豹吧！"

"原来是大陆和安吉拉啊。海豹还在睡懒觉呢！快来快来！"保育员叔叔带着他们来到海豹池。刚推开门，安吉拉就被一个软绵绵的东西绊了一个趔趄，差点摔一跤。

"海豹，该起床了！"

"明明昨天才起过床，为什么今天又要起床啊……"

"叔叔，海豹好懒啊，该去水里锻炼锻炼身体了！"大陆说。

"唔……今天的运动量达标了……"海豹很不情愿地滚了一圈，又闭上了眼睛。

叔叔给海豹挠痒痒，被挠舒服了，海豹终于清醒了，用那肉鼓鼓、充满弹性的身体，向着池边爬去，"咕噜"一声，便滑入水中。他摆动一下尾巴，就潜到水中游了起来。

大陆问："叔叔，海豹怎么还不从水里抬起头来呢？"

"因为海豹有特殊的'氧气库'呀。海豹全身的血液和肌肉，都可以储存氧气，所以，他可以在水中停留更长时间。"

"哇，海豹好厉害！"

"我们动物园里的海豹是斑海豹，生活在太平洋中西部和我国的渤海、黄海一带，是唯一一种会在我国境内产崽的海豹。"

"那生活在雪地里的白色'糯米团子'，又是哪一种海豹呢？"安吉拉问。

"那是竖琴海豹。他们在繁殖期，会前往北极浮冰区，这也是我

们看到的'糯米团子'都在浮冰上的原因。"

"叫竖琴海豹,是因为尾巴像竖琴吗?"安吉拉又问。

斑海豹听了,也好奇地看向自己的尾巴:"哎呀,尾巴被肚子挡住了,没看到。算啦,不看了。尾巴这种东西,回头看看同伴的不就行了。"海豹决定去岸上睡一会儿,暖洋洋的太阳晒在身上一定很舒服。大陆看着软乎乎的海豹,没忍住在他身上这儿摸摸,那儿搔搔。

"嗯?还有免费挠痒?"海豹从圆滚滚的身子下面伸出爪子,把肚子拍得"啪啪"响,示意大陆继续挠,不要停。

"是这里吗?"

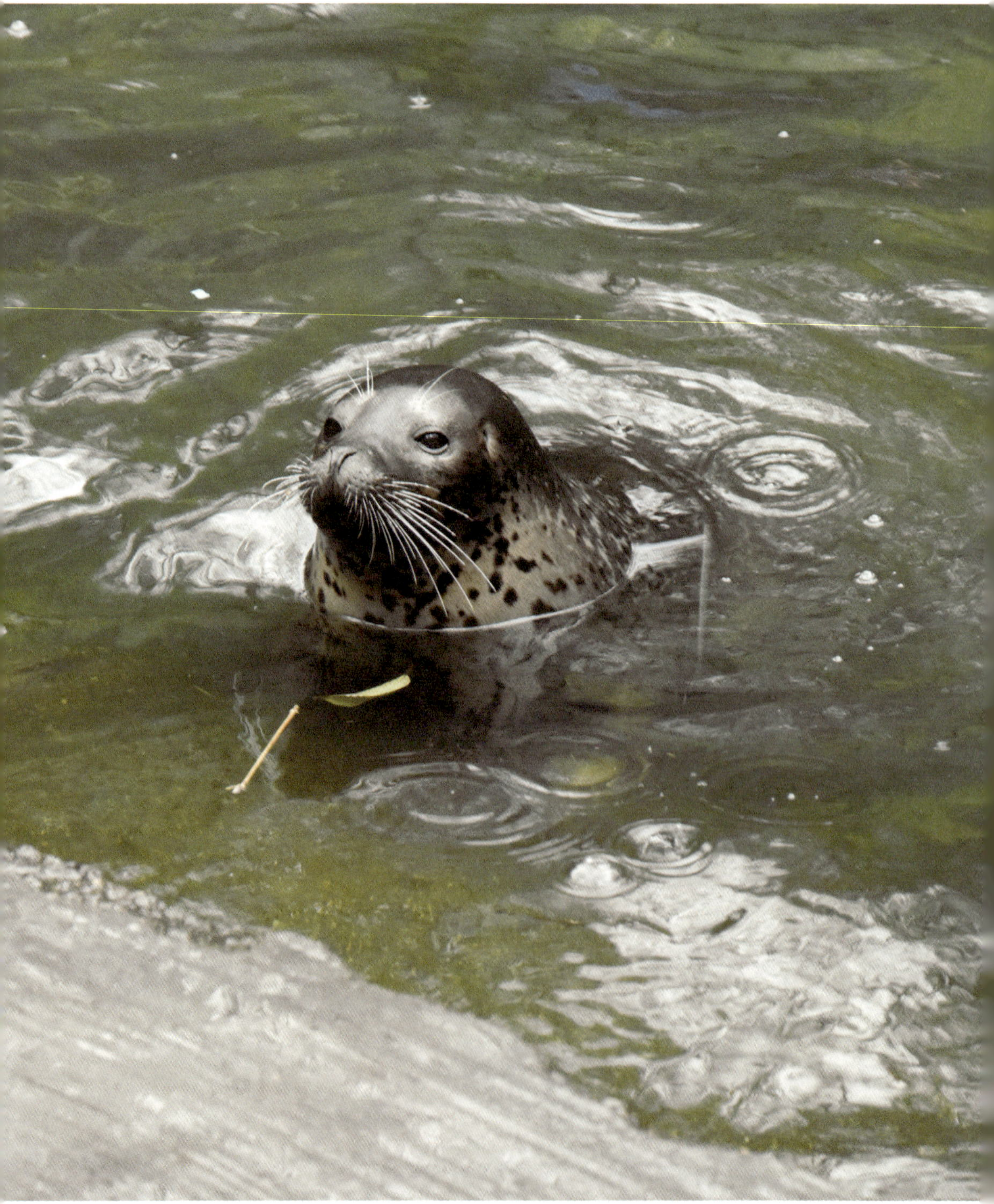

"往边上一点！"海豹又抬起爪子，向后指了指。

"好！"

"嗯……还有这儿！"海豹惬意地眯起了小眼睛。

晚饭时间到了，海豹赶紧"扑通"一声钻进水里。保育员叔叔把鱼远远抛到水里，他一个加速蹿到鱼的落点，一口把鱼吃到肚子里，一点也没有刚才的懒散样。吃饱了，海豹又找了个舒服的位置，懒洋洋地闭上了眼睛。

"海豹，快别睡了，我还要给你介绍新朋友呢！"

"新朋友？明天再说吧！"海豹说完，就打起了小呼噜。

扫码收听本故事

动物知识小百科

斑海豹，是在温带、寒温带的沿海和海岸生活的海洋哺乳类动物。它们有洄游的繁殖习性，为肉食性动物，食物主要为鱼类和头足类。斑海豹是唯一在中国海域繁殖的鳍足类动物，属国家一级重点保护动物。斑海豹在陆地上只能依靠前肢和上体蠕动，在海岸上它们的警惕性很高，就是在睡觉时，也经常醒来观查四周的动静，如果发现敌情，就迅速从岸边高地或礁石上滚入水中，逃之夭夭。在潜水时，它们的耳孔和鼻孔中的瓣膜关闭，可以阻止海水进入耳、鼻。

游禽湖里的"疫苗大战"

杭州动物园的游禽湖中生活着大大小小二十多种游禽，大个子的有卷羽鹈鹕、小天鹅，中等体型的有鸿雁、斑头雁，较小的有红头潜鸭、鸳鸯，等等。他们自由自在，其乐融融地生活在湖面和湖中的小岛上。

有一天，游禽湖里的鸟儿们接到了一则通知，通知上写着：一年两次的疫苗接种时间又到了。现通知游禽湖的居民们，自觉配合兽医工作人员，上岸完成今年的第一次疫苗接种。看到通知后，好多鸟儿都紧张起来。

小天鹅问妈妈："妈妈，我们为什么要打疫苗啊？"

天鹅妈妈说："春天是我们疾病的高发季节，我们只有打了疫苗，才能预防传染病，才会健健康康的哦。"

"那打疫苗是不是会很疼呢？"

妈妈笑着说："别怕，孩子，只有一点点疼哦。"

看到穿着防护服的工作人员进入游禽湖居民区，平时安静温顺的

鸟儿们一下"激动"地飞起来。天鹅妈妈拿着喇叭喊道:"朋友们!请大家有序上岸接种疫苗。"

以前打过疫苗的鸟儿争先恐后地游了过来,湖面上乱糟糟的。天鹅妈妈又拿起喇叭喊道:"请大家有序排队,不要拥挤哦。"

"唉,这么多的鸟儿还真不好管理呢,还好有天鹅妈妈帮忙,可以让我们省点心。"兽医心里嘀咕着。

但是不愿意打疫苗的鸟儿也真不少呢,"水中一霸"鹈鹕嚷嚷着:"我们的身体强壮着呢,不需要打什么针!鹈鹕们,跟爸爸回家吧。"

天鹅妈妈说:"我亲爱的邻居,注射疫苗能预防传染性疾病,禽流病可不管你身体强不强壮,一旦感染了,还会威胁到别的鸟儿的身体健康!为了自己,为了家人,更是为了乡亲朋友们,还是配合好兽医们的工作吧!"

兽医补充道:"天鹅女士说得非常对,咱们游禽湖中的鸟种类

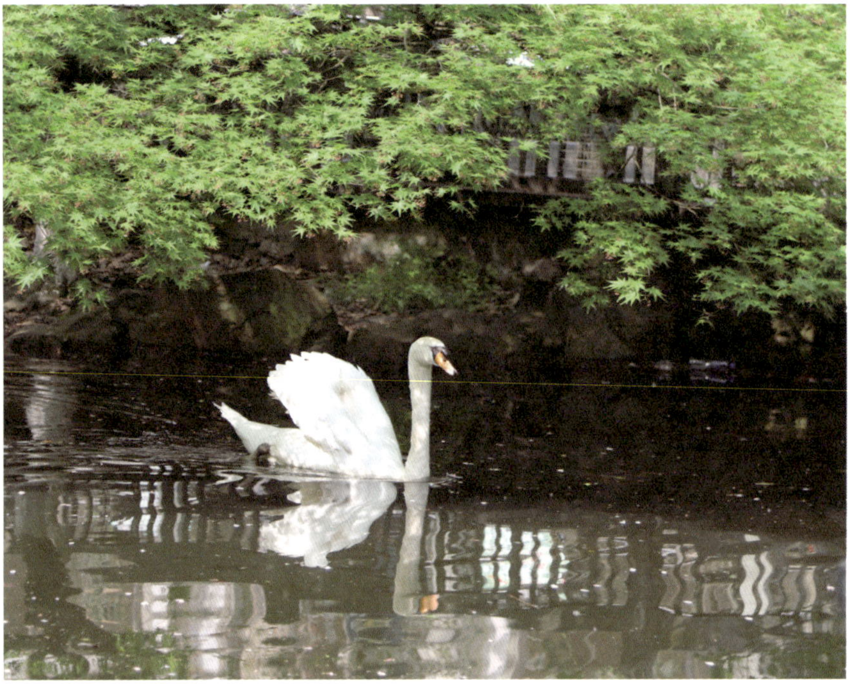

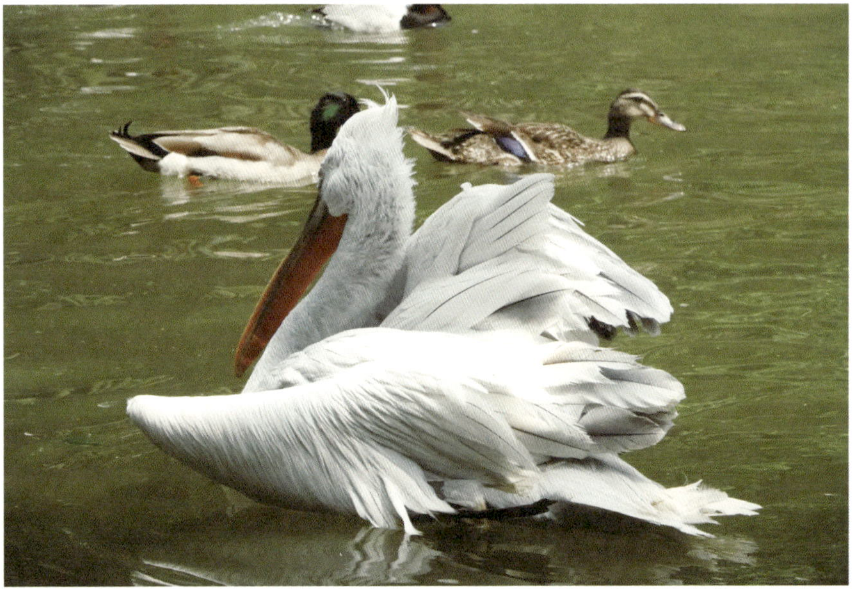

繁多，不仅有咱们园里的鸟儿，还有白腰文鸟、麻雀、夜鹭、鸳鸯等越冬迁徙暂时在这里休息的候鸟朋友，疫苗的保护必不可少呀。"

但是鹈鹕还是在那犹豫不决。天鹅妈妈只能苦口婆心地去劝。

如果你认为参与这场"战斗"的人只有兽医伯伯，那你可就大错特错喽！现场的工作人员可真多啊！有的负责秩序维护，有的负责安全管理，有的穿好装备下水，还有的负责观察鸟儿居民的反应，实在不行就借助点小工具聚拢水鸟们。

一切准备就绪，兽医们来给鸟儿们打疫苗了。他们坐在充气小船上，向鸟儿们驶去，鸟儿们四处逃窜。水面上真热闹啊！到处都是鸟儿鸣叫的声音、扑翅膀的声音。保育员叔叔把他们一只一只地拉上岸，抓住他们的翅膀和喙，兽医看准时机，快速地完成了疫苗注射。

很快，湖面又恢复了平静。一只红嘴蓝鹊站在一根小树枝上兴奋地唱着，那歌声是在感谢爱护他们的叔叔阿姨呢。

"这次打疫苗，鸟儿们只只有份，绝无落空。"经过和鸟儿耗时一天的"斗智斗勇"，杭州动物园上半年的鸟类免疫工作终于顺利完成了，工作人员们都笑了起来。现在，鸟儿们健康状况良好，他们在"鸟的天堂"里健康幸福地生活着。

动物知识小百科

　　卷羽鹈鹕是国家一级重点保护动物，之所以叫卷羽鹈鹕，是因为它们的冠羽是卷曲的，就像留着小刘海。它们的羽毛是灰白色的。卷羽鹈鹕是大型湿地游禽，主要分布在欧洲东南部、非洲北部和亚洲东部。卷羽鹈鹕非常善于飞翔、游泳和陆地行走，但却不会潜水，飞翔时跟白鹭一样挺起脖子，姿态很优美。捕食时，它们会从高空直接扎入水中，主要食物是鱼类以及甲壳、软体、两栖类动物等。它们的嘴很大，上下嘴缘后半段都是黄色的，捕食时下颌可以撑开，形成一个与嘴等长的淡黄色皮囊。

扬子鳄的冬眠

盛夏，扬子鳄妈妈产下了一堆卵。她的巢穴建在水边，用芒草、枯枝和泥土筑成。产完卵后，扬子鳄妈妈在卵上盖上了厚厚的杂草，在附近守护。扬子鳄是变温动物，不能自己孵卵。妈妈就靠着巢穴受潮发酵腐烂产生的热量孵卵。过了大约两个月，巢里传来"嗯——嗯——"的叫声，小扬子鳄破壳了。扬子鳄妈妈听到后，会挖开巢穴上的覆盖物，帮助小鳄出巢。

大陆仔细看了看，问："咦，这些宝宝怎么都是女宝宝呢？"

"因为今年巢里的温度比较低，只有28.5摄氏度，所以孵出来的全都是女宝宝。"保育员叔叔说。

大陆依旧不明白："为什么温度低，孵化出来的就都是女宝宝呢？"

"因为扬子鳄是爬行动物，他们的性别由孵化时的温度决定。如果温度低于30摄氏度，女宝宝会更多；如果温度高于32摄氏度，男宝宝会更多；如果温度正好是30摄氏度，则有可能男女宝宝各占一半。"

扬子鳄爸爸并不参与孵卵和养育小鳄鱼,他独自生活。这会儿,他正紧闭双眼,一动不动地趴在水中,像一个铁甲卫士。一阵风吹来,树叶沙沙作响,他警惕地睁开双眼,沉入水中。过了一会儿,见没有什么动静,他就又浮了上来。一条小鱼游来,扬子鳄爸爸朝着小鱼猛冲过去,大口将鱼咬住,又稳,又准,又狠。扬子鳄爸爸取来好多食物,有河蚌,有螺蛳,有鲫鱼。他对大陆说:"每年的10月至次年4月,我们要冬眠。我们的体内有个仓库,平时吃的食物会经过消化吸收,转化成营养,囤积起来。到了漫长的冬天,我们就要靠'库存'生活啦。"

不到10月,扬子鳄就要准备冬眠了。他们是天生的"建筑师",会用尖硬的嘴拱开泥土,用有力的尾巴搅起泥浆,用锐利的趾爪掏起泥块。很快,一个纵横交错的"地下迷宫"就建好了。

10月份,气温慢慢降低后,扬子鳄就真正进入了"冬眠不觉晓"的状态。他们待在洞里,不吃东西,一动也不动。

3月底,气温到达十几摄氏度的时候,扬子鳄迷迷糊糊地睁开了眼

睛。他慢慢地往洞外爬。太阳暖暖地照着，他试探着想要爬出洞穴。可是春天的天气说变就变，没过一会儿就下起了雨，气温又降了下来。他打了个哆嗦，心想："现在气温还不稳定，一会儿冷一会儿热，出去会生病的，还是再睡会儿吧！"

当气温稳定在 20 摄氏度左右，扬子鳄终于从洞里爬出来，结束了冬眠。开始他们没什么力气，会寻找一些容易抓的螺蛳充饥。

天气越来越热，扬子鳄的力气渐渐恢复了。一只水鸟在岸边游水，扬子鳄悄悄靠近，猛地从水里发起偷袭，他用有力的大嘴一口咬住水鸟，把它拖入水中。

在动物园里，工作人员为扬子鳄建造了温暖的小房子。到寒冷的冬天，扬子鳄会被请进房子里。

"但是，我明明在冬天也见到了扬子鳄叔叔呀，他怎么不冬眠呢？"大陆问。

保育员叔叔告诉大陆："暖房里很温暖，扬子鳄不会完全进入冬眠，而是会保持'半冬眠'状态。"

扫码收听本故事

动物知识小百科

扬子鳄是中国特有的一种鳄鱼，因其生活在长江下游，而长江下游的河段旧称"扬子江"，所以得名"扬子鳄"。扬子鳄是世界上最小的鳄鱼之一，在其身上至今还可以找到早先恐龙类爬行动物的许多特征，所以被称为"活化石"。

扬子鳄生活在湖泊、沼泽间的滩地或丘陵、山涧等潮湿地带。具有高超的挖穴打洞的本领，它常紧闭双眼，趴伏不动，处于半睡眠状态，给人以行动迟钝的假象。可是，当遇到敌情或发现食物时，它就会立即将粗大的尾巴用力左右甩动，迅速沉入水底躲避敌人或追捕食物。

一只白鹤的归家之路

在遥远的西伯利亚，生活着三只白鹤。到了冬季，天气太过寒冷，他们需要和同类一道从冰天雪地的西伯利亚向南迁徙，飞到温暖的中国鄱阳湖过冬。遥远的迁徙之路让白鹤们疲惫不堪。在飞行了4000多公里后，他们飞到了中国富阳的万市镇，计划在此做短暂的休息，然后继续向南飞行。可是其中一只小白鹤的眼睛受伤了。他很累，身体也很虚弱，怎么也飞不起来了。伙伴们盘旋在天空中叫他："小白鹤快来呀，快飞起来呀！"他拼命地扑棱着翅膀，想飞起来，飞到他的小伙伴身边。无奈不管他怎么努力，还是飞不起来。他倒在一条小河沟里。为了不被迁徙的队伍落下，他的两个小伙伴只得狠狠心告别了小白鹤，飞向那遥远的鄱阳湖。

有一位村民看到了这只离群的小鸟。他急匆匆地跑上前去。这是一只多么漂亮的鸟儿啊。它有长长的大腿、长长的脖子还有又长又尖的嘴巴，身上披着浅褐色的羽毛，即使虚弱也依旧保持着优雅。他用微弱的声音哀鸣着，说："帮帮我吧！帮帮我吧！"村民看着这只奄奄一息的小鸟，说："小白鹤，别担心。我一定会帮助你飞向蓝色的天空的。"

"叮铃铃，叮铃铃！"杭州动物园里，园长伯伯办公室的电话急促地响了起来。这是一个从杭州市林水局打来的电话。

"喂，是园长吗？一只越冬迁徙的小白鹤受伤了，急需你们的救助。"

园长伯伯放下电话，赶快召集了动物救护队、兽医和鸟禽保育员们，出发救助这只落单的白鹤。工作人员来到了富阳，他们悄悄地靠近白鹤。他们在仔细观察他，他也打量着他们。

"哎呀，白鹤的左眼好像受伤了。"

"这样肯定是无法继续迁徙了，我们把他带回动物园治疗吧。"

小白鹤来到了动物园，兽医伯伯和阿姨们都忙了起来。他们对他进行了体检。兽医伯伯说："还好，还好，小白鹤的体表没有明显外

伤，翅膀和脚也很正常。只是左眼睁不开，要再观察一下。"

大家听了，悬起的心放下了大半。

兽医伯伯对小白鹤进行了治疗，然后把他送到了珍禽馆休养。许多受伤的动物会拒绝进食，这只小白鹤会不会拒绝吃食物呢？大家都很担心。保育员叔叔为小白鹤准备了泥鳅和小鱼。没想到小白鹤饿极了，一点也不挑剔，欢快地吃了起来。

"啊，泥鳅，这可是难得的美食呀！"小白鹤吃饱了，在水边慢悠悠地散起了步。他一会儿拍拍翅膀，一会儿低下头来，啄食水里的小鱼。

"这只小白鹤适应得很好，会很快恢复健康的。"围在小白鹤身边的工作人员脸上终于露出了笑容。

保育员叔叔见小白鹤喜欢吃泥鳅，就给他准备了很多活蹦乱跳的泥鳅，还给他补充了维生素等微量元素。眼看小白鹤的身体一天比一天好，可他还是无精打采的。

出发！去动物园

"是不是小白鹤身上有寄生虫呢？"兽医伯伯取来了小白鹤的粪便进行检测。显微镜下，他们发现，其中果然有很多寄生虫卵。

"我们得给小白鹤吃驱虫药。"

赶走了寄生虫，小白鹤很快就恢复了精神。他呦呦地鸣叫着，看着保育员叔叔说："叔叔，我能回到天空中去，寻找我的伙伴了吗？"

叔叔说："小白鹤，你试试飞行吧！"

小白鹤扑棱着他的翅膀，可还是飞不起来。

保育员叔叔说："小白鹤，你还得在动物园住一阵子！等你羽翼丰满，翅膀更加有力，就能回到蓝天中去了。"

于是，小白鹤在动物园里住了下来。一年过去了，他换了羽毛，成了一只成年的白鹤。

保育员叔叔说："小白鹤，你已经长大，身体也完全恢复了。是时候飞上蓝天寻找你的伙伴了。"

小白鹤听了，快活地鸣叫起来。

"我终于可以回家了。"

2022年11月30日，动物园救护队的工作人员为小白鹤佩戴上了属于杭州的环志，上面写着编号Q0581。小白鹤坐上了回家的专车，踏上了去往鄱阳湖的路。大家恋恋不舍地目送小白鹤远去。小白鹤也恋恋不舍地望着救治他的工作人员，说："再见了，叔叔阿姨，我会记得你们，记住杭州这个温暖的城市的。"

扫码收听本故事

动物知识小百科

　　白鹤体型略小于丹顶鹤，体长 130—140 厘米。站立时通体白色，胸和前额鲜红色，嘴和脚暗红色；飞翔时，翅尖黑色，其余羽毛白色。我国的鄱阳湖是世界上最大的白鹤越冬所在地，全球 98% 的白鹤在此越冬。白鹤迁徙过程中需要消耗大量的能量，可能遇到不良的天气，令迁移方向定位错误，还要适应不熟悉的新环境。风雨过后，总有白鹤受伤，特别是未成年的白鹤。

　　2021 年，一只越冬迁徙的白鹤途经杭州，在精疲力尽时与伙伴走散，却开启了一次暖心的遇见。小白鹤得到了动物园的救助，经过一年的精心养护，养好伤的白鹤又踏上了回家的旅程。

涉禽池边的艺术家

清晨，几只火烈鸟一起踏入了涉禽池。他们将头伸进水中，用脚将水底的食物踩起来，喙像扫地一样来回梳理池水，跳起了吉卜赛舞。

安吉拉和大陆从池边路过。安吉拉看见了，赞美道："火烈鸟，你们的舞跳得真漂亮！"

火烈鸟妈妈笑着说："我们这是在'滤食'呢！"她把水吸进嘴里，像筛子一样把过滤出的食物留在口中，再把多余的水和不能吃的渣滓排出。过了一会儿，火烈鸟妈妈缩起一条腿站着，就像在"金鸡独立"。她一边休息，一边看看鸟儿们，叹起气来："哎，我们家族成员的数量好少啊！"

火烈鸟爸爸说："要不，我们再多生一些小宝贝吧！"

火烈鸟妈妈有点犹豫，说："瞧，我们还有一群朋友在远处呢！"果然，不远处还有一大群火烈鸟。

"你们好啊，朋友们！"火烈鸟妈妈热情地拍起了翅膀。对面的鸟儿们也拍起了翅膀，可就是不说话。

火烈鸟爸爸说："原来他们不会说话啊，难怪不愿意和我们在一起呢！"

火烈鸟妈妈说："没想到我们火烈鸟有这么一大群啊！不会说话也没关系。"

马来熊大陆听见了，笑得直不起腰来，心想："火烈鸟不知道眼前的水面像一面镜子。镜子里就是他们自己呀！"

过了些日子，一只丹顶鹤来到了这里。"咦，这里有面镜子。"镜子里的丹顶鹤一身白色，头上顶着鲜红色的冠子。"我好漂亮啊！"他唱起了歌来。

火烈鸟们听到歌声，都跑了出来。哇，火烈鸟爸爸妈妈已经有一

大群宝宝了！他们的家族好大啊！

"哦，原来是一位歌唱家朋友啊！欢迎！欢迎！"

"哎，刚才跟伙伴们打了一架，他们把我从家里赶了出来。"

"那你就留在这里别走了，我们跳舞，你唱歌，天天过快乐的生活。"

"女士们，先生们，森林圆舞曲即将开演，有请火烈鸟歌舞团上场！"听到这个，最开心的是马来熊。

在宁静的大自然中，丹顶鹤的歌声是那么高亢、洪亮。随后，

涉禽池边的艺术家　　161

"火焰使者"们盛装登场。他们骄傲地伸长 S 形的脖子，那脖子优雅柔美。在丹顶鹤的歌声中，他们转起了圈，就像火焰在燃烧，散发着生命的力量和美丽的光芒！

"火烈鸟和丹顶鹤真是了不起的艺术家啊！"动物园里的小动物们都鼓起掌来。

扫码收听本故事

动物知识小百科

　　丹顶鹤头顶的"小红帽"跟"鹤顶红"并没有什么关系，只是因为这一块没有羽毛且毛细血管丰富，导致露在外面的头皮呈现出红色，像肉瘤一样。丹顶鹤群体无论觅食或休息，常有一只成鸟特别警觉，不断抬头四处张望，发现危险则发出"ko——lo——lo——"的叫声，其鸣叫时头颈向上伸直，伸向天空。丹顶鹤的家乡在中国主要有两处——黑龙江齐齐哈尔的扎龙和江苏盐城，每年 11 月，它们会成群结队地从扎龙迁徙到盐城越冬。

黑天鹅妈妈的"丑小鸭"

游禽湖边，黑天鹅夫妇忙着筑巢，他们将落叶、稻草、绒毛，一层一层堆叠起来。春雨绵绵，有些枝叶被打湿了。大陆帮保育员叔叔捧来了大盆的干草。保育员叔叔很高兴："这样黑天鹅妈妈就可以在干爽的巢穴里准备产卵了。"

过了几天，黑天鹅妈妈终于生产了。

"一枚蛋，两枚蛋，三枚蛋。"大陆惊喜地喊了起来，"黑天鹅妈妈，你快要有三个宝宝啦！"

"我得好好地孵蛋，过几天你们再来看我的宝宝吧！"

黑天鹅爸爸说："孩子妈，你先安心孵蛋吧。我去找一些食物给你吃。"

黑天鹅妈妈负责地孵蛋，黑天鹅爸爸除了负责照顾黑天鹅妈妈，也会帮妈妈一起孵蛋。过了一会儿，爸爸累了，他想偷偷地去水里游泳。妈妈说："别偷懒，我们必须保持蛋的温度恒定。如果温度下降，蛋壳内的小宝宝就没有办法维持正常的生长发育了。"

忽然，大陆指着一只水鸟对黑天鹅爸爸说："小心，有一只鹈鹕老是朝你们看呢！"

"好，我去看看周围是不是安全！"黑天鹅爸爸紧紧地盯着鹈鹕。本来要来拜访邻居的鹈鹕只能转身游走了。

过了几天，大陆对安吉拉说："不知道小黑天鹅孵出来没有。"

"我们去拜访一下黑天鹅吧！"安吉拉说。

他们又来到游禽湖边，正在伸着脖子寻找，忽然听见从蛋壳里传来一阵"笃笃笃"的敲击声。安吉拉惊喜地说："大陆，黑天鹅宝宝快要出生了！"终于，蛋壳破了。一个毛茸茸的小脑袋探了出来，毛茸茸湿哒哒的身体一半露在外面，一半还在蛋壳里。紧接着，小黑天鹅一只一只地破壳而出。"哇，小黑天鹅终于被孵出来了！"大陆开心地跳了起来。

可是很快，大陆就失望了："小黑天鹅一点也不像妈妈！他们长

着浅灰色的绒毛，小小的一团，就像丑小鸭。"

  黑天鹅妈妈不高兴了："孩子再丑也是我们自己的。我喜欢！"

  过了几天，爸爸妈妈带着小宝宝们去游泳了。黑天鹅宝宝们不管走路、游泳，还是休息，看起来都是毛茸茸的一团，可爱极了。爸爸笑着说："我的宝宝怎么看都那么可爱！"宝宝们围在妈妈的身边叽叽喳喳地嬉戏游玩。有一只小天鹅有些贪玩，游到远处去了。

  小朋友们看到了他，问道："你是谁呀？"

  "我是小黑天鹅呀！"

  "你怎么会是黑天鹅呢？黑天鹅可漂亮了！"

  "我就是黑天鹅呀！"

  "哈哈哈，你在说谎！"

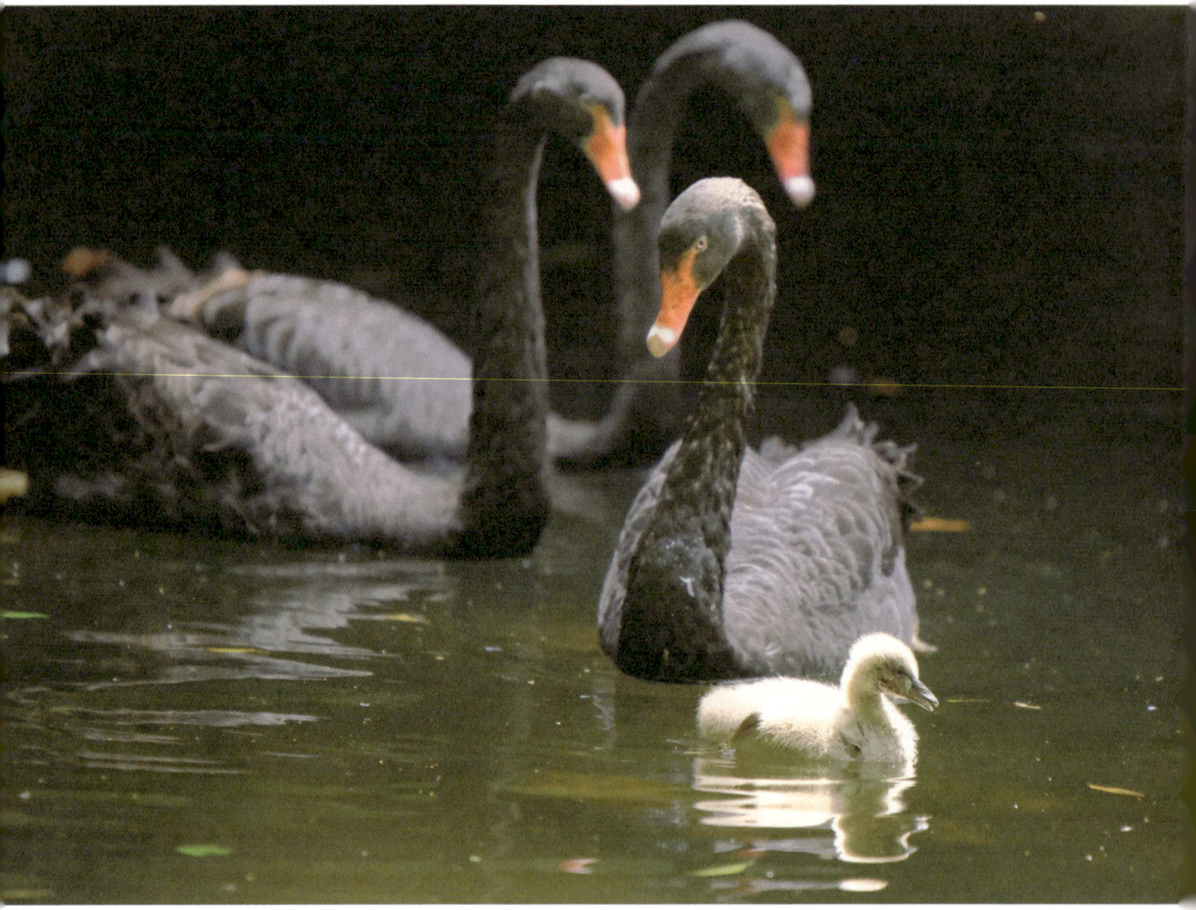

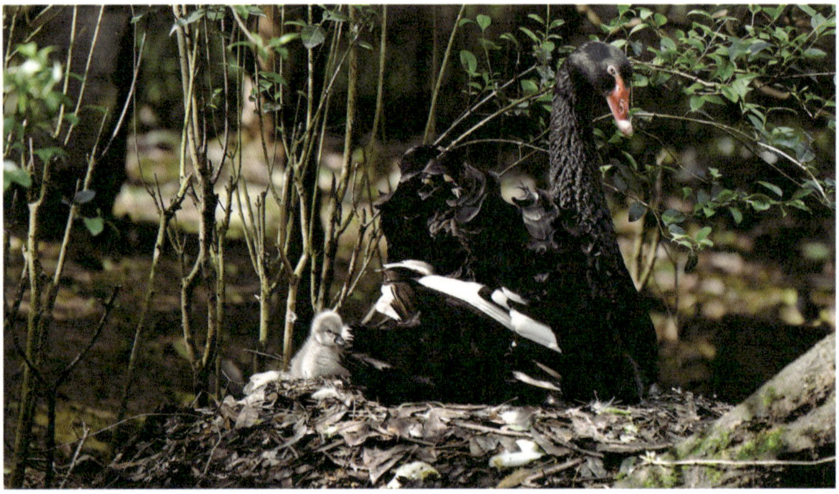

安吉拉听见了,心里可着急了。她赶紧去找黑天鹅妈妈。妈妈听到消息,马上来找小黑天鹅。看到妈妈来了,小黑天鹅连忙转身游向妈妈。黑天鹅妈妈赶快张开翅膀,小黑天鹅"嗖"的一声钻进了妈妈怀里。

妈妈抱着宝宝说:"孩子,你以后再也不要离开妈妈了!"

"妈妈,我以后再也不贪玩,再也不离开集体了!"

小黑天鹅又转身对安吉拉说:"小姐姐,你能做我的朋友吗?"

安吉拉立刻同意了:"很高兴成为你的好朋友!"

动物知识小百科

　　黑天鹅是鸭科天鹅属的一种大型游禽，原产于澳洲，全身羽毛卷曲。它们栖息于海岸、海湾、湖泊等水域，成对或结群活动，食物几乎全是植物，包括各种水生植物和藻类。黑天鹅是一夫一妻制，并且通常终身相伴，具有领地意识，雌鸟承担大部分孵化工作。幼鸟呈灰褐色，羽毛颜色较浅，是早成鸟，出壳后很快就能自己行走、游泳、进食。

美丽的"蹭饭大军"

金秋十月，桂花飘香。一群鸳鸯听说杭州动物园里有一个鸳鸯湖，那里环境幽静，保育员叔叔会提供充足的食物款待客人，很多鸳鸯在这里越冬，便飞到了杭州动物园。果然，这里的湖水微波荡漾，清澈见底，非常适合鸳鸯栖息越冬。于是，他们就停下来，栖息在鸳鸯湖里，成为美丽的"蹭饭大军"。

不少鸳鸯也陆续从北方飞到美丽的杭州动物园来越冬。清晨，湖水中、小岛上、开阔的岸边、树枝上，放眼望去，都是他们漂亮的身影。他们最喜欢暖暖的阳光。在岸边，他们结集成群，自由自在地梳理着羽毛；在树上，他们静静地伏卧，享受着温暖的阳光；在水中，他们有的成双成对地休息，有的欢快地戏水。

鸳鸯妈妈带着一群小鸳鸯在湖里戏水，正当妈妈找了个安全的地方闭眼小憩的时候，保育员来喂食了。他想：我得多准备些食物，款待远来的客人们。

另一群鸳鸯闻到了香甜的美食的味道，急匆匆地游过来。鸳鸯爸

爸对孩子们说："我们得占领有利位置，这样才能饱餐一顿！"他见闭眼小憩的鸳鸯妈妈没注意到他们，便偷偷地飞到一根斜插入水中的长树干上。身后的小鸳鸯也纷纷跟着落在树干上，他们把保育员叔叔送来的食物吃了个精光。

此时，早早待在此地的鸳鸯宝宝们还没发现有人来抢他们的食物呢！他们在水中欢快地游来游去，玩得开心了，就将头伸入水中，伸展翅膀洗浴一番。

他们的妈妈被陌生的声音惊醒，发现食物已经被抢食一空，赶紧飞下来。于是，一场追逐大战就开始了，只见"敌军"爸爸在前面游，鸳鸯妈妈在后面追。眼看就要追上了，"敌军"却一个回身，飞入树丛里，不见了。

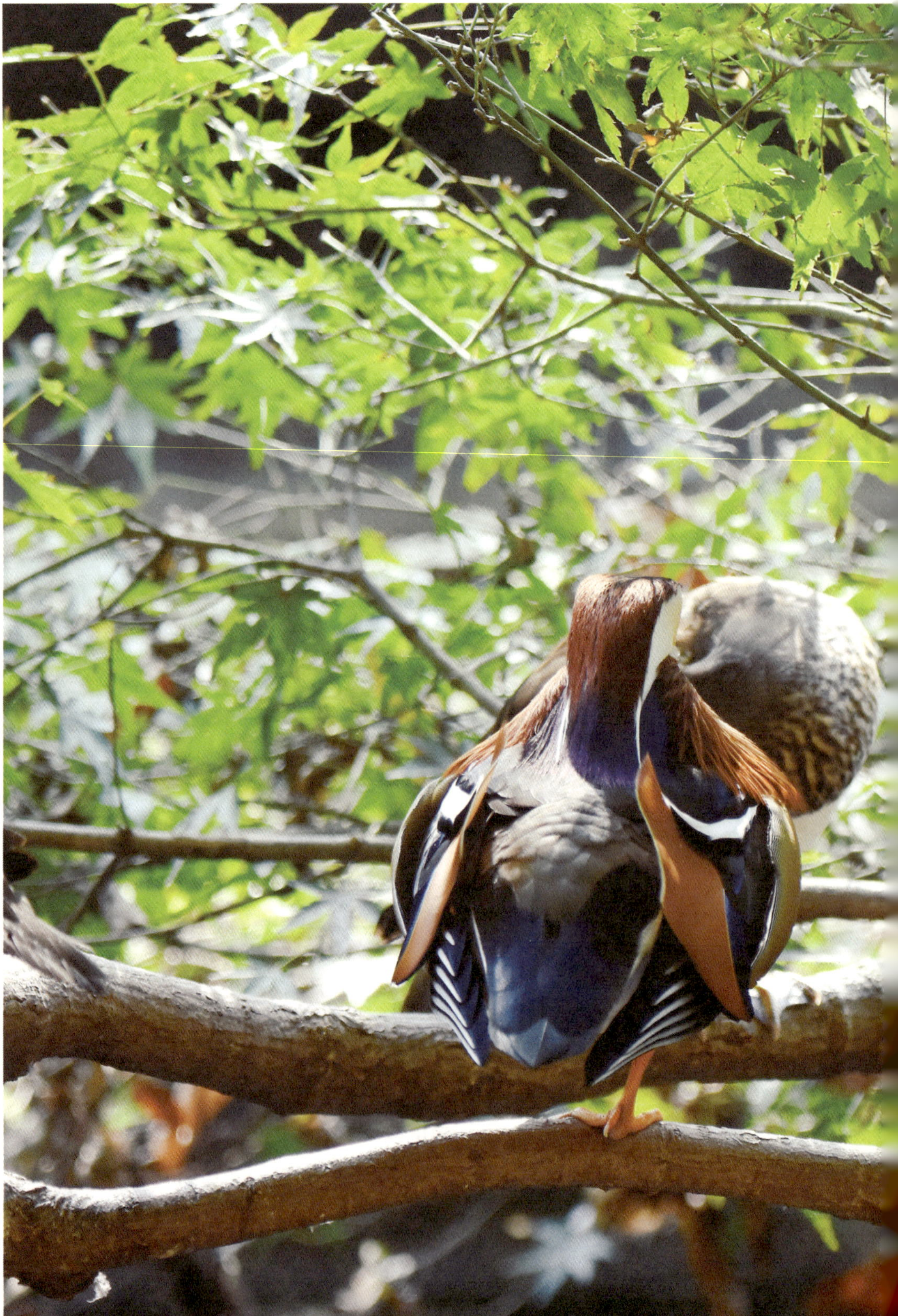

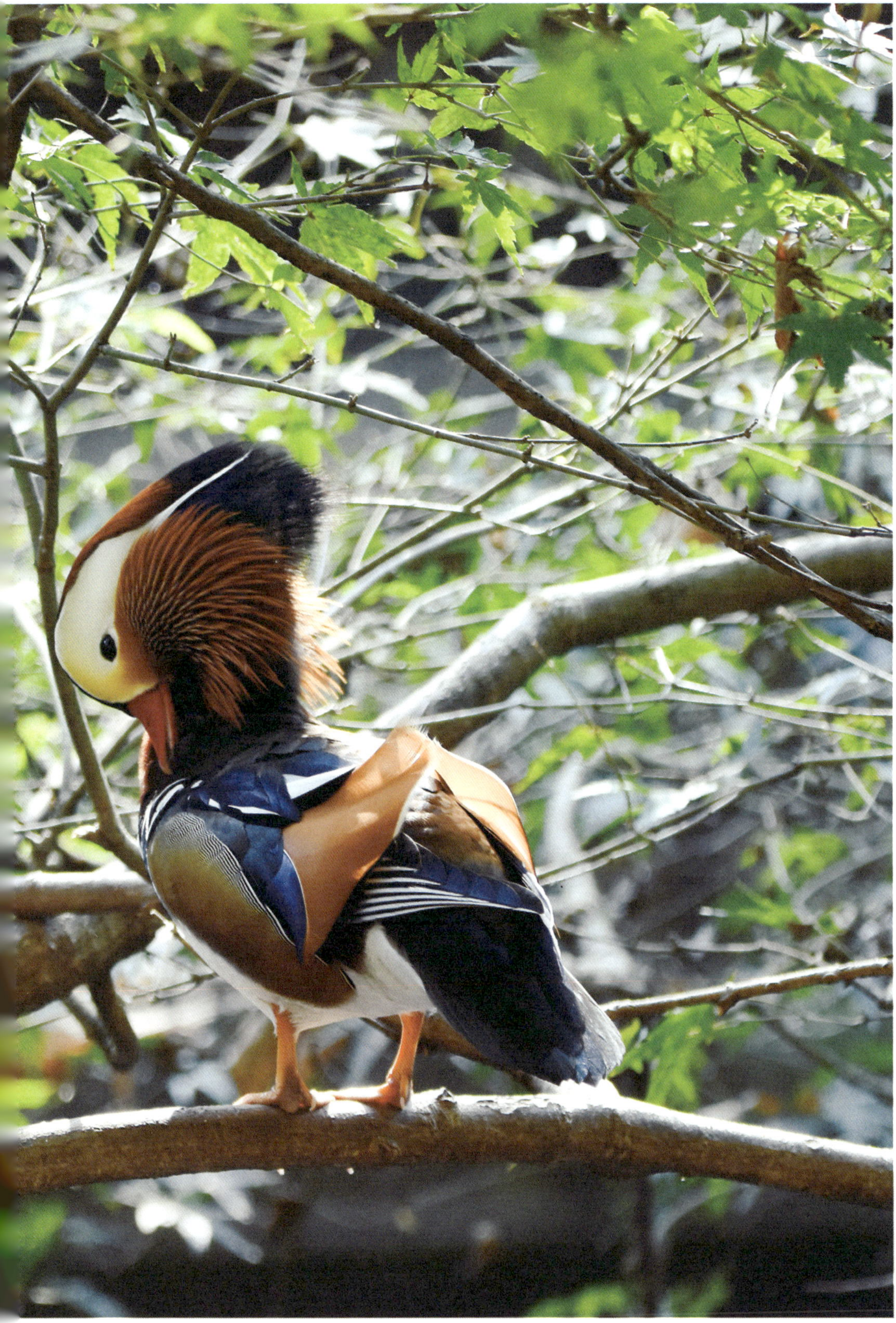

水面又恢复了平静。

第二年春暖花开时，鸳鸯们陆续起飞，他们要到北方生儿育女了。也有一些鸳鸯选择留下来。

雄鸳鸯长着艳丽的羽毛。他看中了一只雌鸳鸯，便朝她扇动着像帆一样的橘黄色翅膀。

雌鸳鸯想："这只鸳鸯真漂亮！"她也朝着雄鸳鸯拍拍翅膀，还唱起了好听的歌儿。雄鸳鸯听了就更来劲了，跟随在雌鸳鸯身边大献殷勤。他捉来一条条小鱼给雌鸳鸯吃。雌鸳鸯想："这只鸳鸯真贴心，做孩子的爸爸一定好。"于是，她就和这只雄鸳鸯生活在一起了。

不久，雌鸳鸯在高大树木的树洞里产下了一窝蛋。可让人没想到的是，幸福的生活才过了不久，雄鸳鸯就"抛妻弃子"，离开了雌鸳鸯。雌鸳鸯流下了眼泪。她只能单独承担起孵化、养育的工作了。

为了更好地隐蔽起来，不被发现，鸳鸯妈妈的羽毛色泽比较暗淡，她混在落叶枯草中显得很不起眼。

有一个小朋友发现了她，惊喜地喊了起来："大家快来看，鸳鸯

美丽的"蹭饭大军"

妈妈在孵小鸳鸯呢！"鸳鸯妈妈被吓得直打哆嗦。她连蛋也不孵了，赶紧躲了起来。直到小朋友离去，鸳鸯妈妈才继续孵蛋。

朋友，鸟类喜欢安静的环境，鸳鸯也需要安静、没有干扰的空间。请你在欣赏时，轻轻地走过，静静地观看。

扫码收听本故事

动物知识小百科

　　成年雄性鸳鸯羽毛色彩艳丽,而雌性就暗淡很多,白色贯眼纹是它们最明显的特征,雄鸳鸯长得漂亮是为了吸引雌鸳鸯的注意,而雌鸳鸯暗淡是为了在孵卵期间更好地躲避天敌。人们在提及鸳鸯的时候认为鸳鸯是一种代表着"专一的爱情"的动物。实际上,鸳鸯并不忠于伴侣,只在一个繁殖期内相对忠诚,来年是不是再维持原配对就不一定了。迁徙来过冬的野鸳鸯是杭州动物园的常客,度过冬天之后,它们会向北迁徙,也有个别流连忘返,就在此安家了。

彩蛋 1

动物食堂：鲫鱼坏了吗

三个好伙伴走着走着，看见一群人围着一辆动物饲料配送车议论纷纷："哇，好新鲜，苹果看起来好脆好甜！草莓这么红，黄瓜这么绿，番茄还水淋淋的呢！"

"牛奶、甘蔗、香蕉、牛肉……"

"好丰盛啊！感觉比我吃得还好呢！"

忽然，有人大叫了起来："不对，这鱼有问题，瞧，鱼眼都白了！"

大陆赶紧冲上前去，伸头一看，说："这明显是烧熟的鱼啊！"

"不，这鱼不新鲜！最近杭州天气热，鱼肯定是在运来的路上就坏了！"那个人愤愤不平，"动物园怎么能让动物吃腐烂的鱼呢！幸亏我看见了。我得联系有关部门，保护动物们的健康！"

那人拿出手机，拍起了视频："我得把视频发到网上去。动物们，你们一定要健康幸福啊！我们会来监督动物园的。"

大陆赶紧冲上前去，挡住拍视频的人："还没有弄清是怎么回事，你怎么能随便发视频呢！"

"哪来的熊,还真会说话呢！园长大概把最好的肉都给了你吧？"

"你怎么能这样说呢？"大陆听了，委屈得眼泪都流下来了。他擦干了眼泪，坚定地说："请大家放心，我一定会把这件事情调查清楚，给大家一个真相的！"

说完,他赶紧来到营养中心。营养师叔叔正把一条条活蹦乱跳的鲫鱼清洗干净,然后放到水里煮。

"叔叔,动物不是吃鲜活的食物的吗?这些鲫鱼为什么要煮熟呢?"大陆问。

"孩子们,这鱼是给小兽吃的。他们更喜欢吃煮熟的鱼!"

"哦,原来是这样,有些游客以为你们给动物吃腐烂的鲫鱼呢!"

"我们绝对不会做这样的事情!走,这里有好多烧好的鲫鱼。我们一起抬去给小兽们吃吧!"营养师叔叔说。小象福莱和安吉拉扛上箩筐,大陆拎着一桶鲫鱼,向前走去。

"他们来了!"人们凑到水桶边上,纷纷问道,"怎么样?鱼是坏的还是熟的呢?"

大陆昂起头挺起胸,头也不回地说:"后面跟着吧!"于是,小动物们走在前面,一大群人跟在后面,浩浩荡荡地向小兽区走去。

浣熊、豹猫们饿了,早就开始朝着这边看了。大陆和小伙伴们把

烧熟的鱼一条一条地分给他们吃。小兽们吃得好欢啊："谢谢营养师叔叔！"边上的人看到了，明白了是怎么回事，也就散了。安吉拉朝大陆竖起了大拇指说："大陆，你好棒哦！"大陆自豪地挺起了胸。

营养师叔叔说："孩子们，为了表扬你们，我带你们参观营养中心吧！"

"动物厨房"中炊烟袅袅。2个相连的操作室里有4个超大容量的电饭煲和1个豪华蒸饭柜。大厨们正忙着烹制动物们的晚餐呢。叔叔指着一大块热气腾腾的窝头对福莱说："福莱，这个窝头是为你准备的。它是用麸皮、玉米粉、黄豆粉、牛奶按比例调制而成的，能为你保证充足而均衡的营养。"小象开心得抬起两条前腿"喔喔"直叫。

一辆运输车载着满满一车竹叶驶出了营养中心，竹叶青翠欲滴。叔叔说："这是给国宝大熊猫吃的竹叶。大熊猫需要通过进食大量的竹子获取能量，每天吃竹子的量可以达到100斤左右，主食则是窝窝头，再配一些水果补充营养。"

"叔叔，竹笋鲜鲜嫩嫩的，给大熊猫多吃点笋吧！"大陆说。

"随着季节的变化，大熊猫采食竹子的部位也有所不同。夏季大熊猫以吃竹竿为主，秋季以吃竹叶为主，到了春季就以竹笋为主食了。大熊猫刚来杭州，适应环境还需要一个过程，我们就经常制作小零食给他们吃。为了让他们多运动，我们过几天就为他们制作新的食物丰容，把小零食藏到竹筒里、箩筐中、秋千上，让他们动一动再吃到食物。"

"叔叔，我听说他们爱吃南瓜，你们准备了吗？"

"你到大熊猫馆去看看就知道了呀！"

"快，去看看！"

绿茵茵的草地上，大熊猫一手拿着竹子，一手拿着苹果，正在左右开弓地"吃播"呢。他的头顶上还挂着半个金灿灿的大南瓜！

彩蛋 2

动物医院：神秘的白大褂

有一天，小动物们来到兔豚鼠的园子边，突然间发现了一个蒙着面的白衣人。只见他拿着一个小瓶子，把一颗颗小圆球拨来拨去，还取了一颗小圆球放到了一根玻璃管里。

小象福莱说："大陆，你看那个人穿着白衣服，蒙着面，戴着手套，鬼鬼祟祟的，是不是要毒害兔豚鼠呢？"

大陆说："我们一定要救兔豚鼠！"

"喂，大坏蛋，放下你手中的瓶子，不准伤害兔豚鼠！"大陆大喝道。他发出"啊呜"一声，飞快地扑向白衣人。白衣人被吓得跳了起来，瓶子里的小球洒了一地。

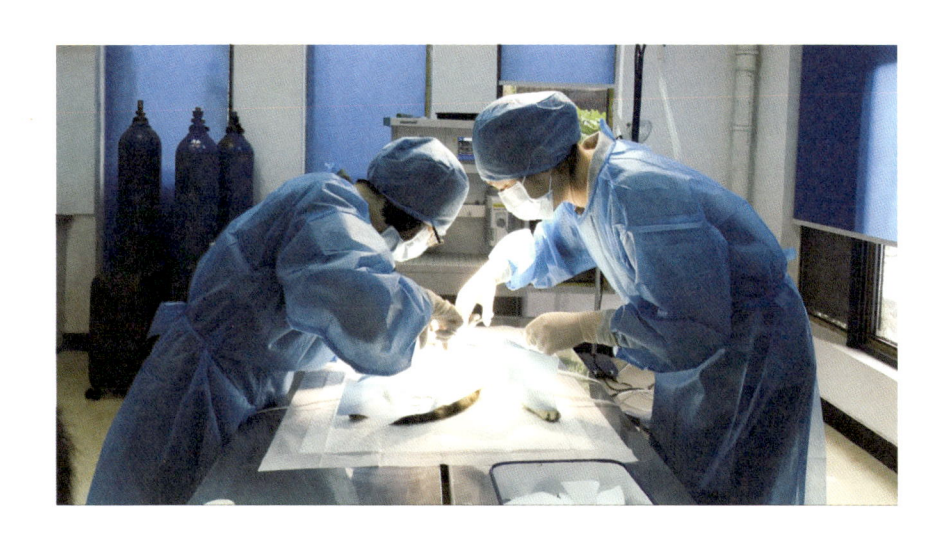

"原来是兽医阿姨啊!"大陆拍拍胸口,"阿姨,我们还以为你是坏人呢!"

"啊?原来是你们三个啊!大陆,你吓死阿姨了!"

"对不起,兽医阿姨,你在这里干什么呢?"大陆挠挠头,有些不好意思。

"哦,我正在给兔豚鼠做寄生虫检查呢。春天到了,寄生虫活跃了起来。有一类寄生虫会从嘴巴进入动物体内,发育成熟后会排出虫卵,虫卵再通过动物粪便排出,然后感染其他动物。这是兔豚鼠的粪便,我准备拿到实验室去检测,看看他肠道里的寄生虫情况!"

大家跟着兽医阿姨一起来到了兽医院。阿姨在一片干净的小玻璃上做好标记,取了少量粪便在上面薄薄地涂了一层。阿姨先仔细地剔除食物残渣,然后大家在显微镜摄像软件的帮助下,在电脑屏幕上看到了一条条白色的虫子在游来游去。它们的身体扁扁的,头是白色的,前面有开叉线。

阿姨说:"瞧,这是一种线虫,可见兔豚鼠的粪便中是有寄生虫的。不过这只兔豚鼠的寄生虫感染情况不严重。动物身体里有寄生虫是很难避免的。我们要做的是努力让寄生虫感染的情况保持在较低水平。"

"阿姨,你们除了给动物做寄生虫检查,还会做哪些工作呢?"

阿姨给大家看了好多视频。

瞧,兽医伯伯来给鸟儿们打疫苗了。他们坐在一条橡皮小艇上,拿着竹竿朝着鸟儿们发起"进攻"。鸟儿们四处逃窜,周围都是鸣叫的声音、扑翅膀的声音。保育员叔叔把他们一只一只地拉上岸,抓住他们的翅膀和喙。兽医伯伯看准时机,快速地完成了疫苗注射。很快,湖里又恢复了平静。

呦,兽医阿姨把怀孕的黑猩猩引入了一个专门用来做体检的房间。然后,阿姨就拿着检测镜,在她的肚子上上上下下左左右右地挪

动着，边上的电脑上就显示出了她肚子里的小黑猩猩的影像。"你的孩子很健康！" 阿姨说。

咦，这个兽医伯伯怎么躲在一个隐蔽的地方拿着一根一米多长的不锈钢管呢？小鹿走近了，伯伯就对着钢管用力一吹，一根带着药物的针管就被吹了出来，扎进小鹿的皮肤。

"原来兽医是这样给动物打针的呀！"大陆说。

瞧，大熊猫正在做体检呢！"奶爸"给大熊猫吃小苹果，他就伸出手来。"奶爸"又给他一块笋。兽医在一旁给大熊猫采血，大熊猫一点也不哭，"奶爸"又奖励他一个窝窝头。兽医阿姨说："当动物出现伸手的动作时，我们就给他吃食物，再伸手就再给他吃食物。"

大陆说："阿姨，大熊猫好乖啊！"

"是啊，我们就是这样给动物抽血的，动物们一个个都很乖！"

"那是因为我们都是小馋虫哦！"大陆举起手，他又开始"讨食物"了！大家都哈哈哈地笑了起来。

"兽医的工作还有很多，欢迎你们常来参观！再见！"

致谢

　　本书中故事的创作始于 2022 年，灵感源自杭州动物园里动物们的日常生活和工作人员的幕后工作。2022 年 6 月 1 日，这些故事的初版在志愿者周琴老师的深情演绎下，以儿童广播剧《动物园里的故事》的形式在园区内首次播出，为游客们带来了无尽的童趣和温暖，我们自此萌生了制作一本纸质图书，将这份童趣和温暖进一步传播出去的心愿。

　　接下来的两年中，我们对初稿进行了再创作与仔细校订，部分故事反复讨论，几易其稿。其间，有许多朋友给予了我们无私的指导和帮助。

　　周琴老师以其充满童趣的语言，巧妙地将动物知识与故事融为一体，并通过多变的声音生动地讲述每一个故事。她为本书的出版投入了大量的心血，我们对她对动物园的无私奉献表示深深的感谢。在故事的创作过程中，我们得到了杭州动物园动物防疫科全体成员，动物管理科的吴国平、陆玉良、黄飞等多位工作人员，以及"爱我 NO 喂"讲解志愿者彭春、王边芸的大力支持，他们提供了宝贵的素材。同时，我们也感谢刘逸夫、杜立超、邹斌斌、李杰等人为图书提供的精彩照片。感谢所有在创作和出版过程中给予我们支持的朋友。

　　特别地，我们要对西湖风景名胜区科技发展计划项目的资助致以衷心的感谢，正是这份支持使这些充满童真的故事得以正式出版。

　　动物园不仅是动物们的家园，也是人们的乐园。人与自然和谐共处，正是我们共同追求的目标。当你观赏动物时，是否能感受到它们的情感和性格?当你聆听它们的故事时,是否会联想到自己的生活?我们希望读者们通过书中的故事,不仅能更深入地了解动物园,更能保持一颗纯真的童心,学会与他人和谐相处,多多停下脚步,欣赏我们周围的自然之美。

让我们一起出发,去动物园探索更多的奥秘!

编者